L'Éternité.
C'est la mer allée
Avec le soleil.

Arthur Rimbaud

Sturmwind ohne festen Weg,
der du alles fortnimmst
aus der Welt,
nimm auch den Knoten mit,
der meine Seele quält.

*Aus einem Lied von
Javier Solís*

Samstag, 4 Uhr

Obwohl Mario eine Riesenwut im Bauch hatte, legte er die zwei Ruder sorgfältig ins Boot. Dann machte er sich auf den Weg zum Bungalow des Vaters, um die Benzinkanister zu holen. Javier hatte die Wasserflaschen und die zwei Kühlboxen, eine mit Eis, die andere ohne, schon gebracht und war jetzt wohl dabei, den Kaffee für die Thermosflaschen und die Eier für das Frühstück zu kochen. Mario war zwei Stunden nach Javier zur Welt gekommen und wünschte sich oft, nie geboren worden zu sein. Das Boot war himmelblau, zehn Meter lang und aus Glasfaser. Auf einer der Bänke brannte eine Coleman-Lampe. Trotz der nächtlichen Kälte trug Mario kein Hemd. Die Wut auf den Vater hielt ihn warm.

Wäre es ihm nicht gleichgültig gewesen, hätte er das Netz der Sterne am Himmel bewundert. Er schaute zwar nach oben, sah die Sterne aber nicht oder wollte sie nicht sehen. Javier kannte sich mit Großen und Kleinen Bären und Kreuzen des Südens aus; Mario konnte dafür mit verbundenen Augen einen Außenbordmotor auseinandernehmen und wieder zusammensetzen und fand sich auch ohne die Sterne sehr gut im Golf zurecht. Den Blitz, der seine Fangarme am Horizont ausstreckte, bemerkte er durchaus und auch, wie windstill es war, aber nicht weil ihn das als Naturschauspiel beeindruckte, sondern weil er alles, was mit Meer und Fischfang zusammenhing, instinktiv wahrnahm.

Der Gast, der im einzigen erleuchteten Bungalow die ganze Nacht getrunken hatte, stellte jetzt die Musik ab und löschte das Licht. Die Tangoklänge von Gardel und Olimpo Cárdenas und die in ihm kochende Wut hatten Mario kaum schlafen lassen. Der laute Bungalow war nicht weit von dem seinen entfernt, und auch wenn die Musik nicht mit voller Lautstärke lief, war sie unüberhörbar. Doch Marios Groll richtete sich nicht gegen diesen Mann; die Unsitten der Feriengäste zu ertragen, gehörte zu seinem Job: Sie zahlten dafür, sich am Meer zu betrinken, und davon lebte er, davon lebten sie alle.

Das Benzin stand im Hof hinter dem Bungalow des Vaters, der in diesem Moment zwei Kilometer weit weg, im seichten Wasser vor dem Flugplatz, mit dem Wurfnetz Köder zum Angeln fing. Mario nahm zwei rote Benzinkanister und verstaute sie im Heck. Dann ging er die beiden anderen Kanister holen. Die Insekten kreisten um die Coleman-Lampe, prallten gegen ihren Schirm. Die Wellen liefen fast lautlos im Sand aus. Um die Bungalows, zwischen den Kokospalmen und Seemandelbäumen, flogen Fledermäuse, die weder Mario noch sonst jemand sah. Vielleicht sah Gott sie, aber für Mario gab es keinen Gott.

Sie wollten zum Fischen rausfahren, in ein zwei Stunden entferntes Gebiet, in dem der Golf ins offene Meer übergeht. Sie hatten vor, einen Tag und eine Nacht auf See zu bleiben und drei- bis vierhundert Kilo Spitzmaulbrassen, Stachelmakrelen, Seebarsche, Stöcker, *Sábalos*, Schnapper und Grunzer zu angeln, die ihre von der Seeluft und vom Kater immer hungrigen Gäste mit gebratenen Bananen, Kokosreis und Tomatensalat essen wollten, wie jedes Jahr in der Hochsaison am Jahresende.

Mario verstaute das zweite Paar Kanister im Boot und holte die Mangrovenstange, mit der sie sich vom sandigen Grund abstoßen mussten. Neben seinem Bungalow stand die *Cabaña* Nummer 2, in der seine Mutter seit Jahren Selbstgespräche führte. Insgesamt waren es fünfzehn Cabañas, die Nummern über den Türen waren weiß auf rohe Holztafeln gepinselt. Seine Cabaña hatte die Nummer 3, Javiers die 9, die des Vaters hatte keine Nummer. Die Mutter redete in Wirklichkeit nicht mit sich selbst, sondern mit einer ganzen Schar von Leuten, mal leise, mal lauter, richtig laut wurde sie fast nie. Nora hatte zwar »eine Schraube locker«– wie die Zwillingsbrüder ihre Krankheit respektlos-liebevoll nannten –, aber sie hatte noch genug Verstand, um zu begreifen, dass ihr Mann jederzeit kommen und sie zum Schweigen bringen konnte.

Mario legte die Mangrovenstange behutsam im Boot ab und ging zur Hotelküche. Sie wollten einen Topf Bohnen mitnehmen, die der Vater eigenhändig zubereitet hatte, und einen mit Reis. »Die Leute hier an der Küste können keine Bohnen kochen«, sagte der Vater immer. »Wer einen anständigen Teller Bohnen haben will, muss ihn selber machen.« Während Mario die Töpfe an sich nahm, murmelte er: »Hält sich wirklich für das fetteste Schwein im Stall, der Alte. Jeder Trottel kann Bohnen kochen. Ist doch keine Kunst.« Die Wut wärmte ihn zwar an der Oberfläche, sein Herz aber blieb eiskalt.

Hotel Playamar hieß die Bungalowanlage.

Er packte die Töpfe in Plastiktüten, trug sie zum Boot und stellte sie in die Kühlbox ohne Eis, in die sie genau hineinpassten. »Die *Arepas*!«, dachte er und lief zurück. »Wenn ich die liegen lasse, bringt er mich um, der alte Sack.« Außer den *Arepas* und den Coca-Cola-Flaschen nahm er noch das große Messer mit, das die Köchin zum Tranchieren der Fische benutzte. Die Tüte mit den *Arepas* legte er in den Behälter mit den Bohnen und die Cola-Flaschen in die Kühlbox mit Eis, in die sie später die ausgenommenen Fische geben wollten. Da er nicht wusste, wohin mit dem Messer, steckte er es zu den Flaschen. Dort fand es später der Vater, als er auf See die Box aufmachte, um sich eine Cola zu nehmen.

»Und was soll das?«

»Für alle Fälle.«

»Für welche Fälle?«

Ihr seid einfach zu nichts zu gebrauchen – dieser Vorwurf schwang immer mit, wenn der Vater etwas zu den Söhnen sagte.

Mario wollte noch den Flaschenöffner und seine Angelruten von zu Hause holen, doch vorher schaute er bei der Mutter vorbei. Nora hatte das Klimagerät ausgeschaltet und schlief, jedenfalls sprach sie mit niemandem, obwohl die Leute spürbar da waren. Die Schar war immer da, einerlei, ob seine Mutter wach war oder schlief. Mario war leise. Er wollte sie nicht aufwecken, und sie sollte ihn auch nicht bemerken, falls sie wach war. Sie würde mit ihm reden wollen, und er musste doch gleich los. Er dachte nicht, »Die Arme!« oder »Was für ein trauriges Leben sie hat!«. Die Zwillingsbrüder dachten oder sprachen nie so über ihre Mutter. Sie waren einfach immer für sie da gewesen und hatten, so gut es ging, dafür gesorgt, dass sie nicht mehr Leid ertragen musste als das, was Gott, der nicht existierte, für sie vorgesehen hatte. Und wenn ein naiver Gast glaubte, sich einmischen oder teilnahmsvoll zeigen zu müssen, und zu ihnen sagte: »Eure Mutter hat es wirklich schwer getroffen«, dann antworteten sie: »Ach ja?«, und blieben von da an von weiteren Kommentaren verschont.

Der Vater tauchte aus der Dunkelheit auf, weiß behaarte Brust, muskulöse Beine mit hervortretenden Adern, das Wurfnetz über der Schulter und einen Beutel voller Sardinen und Garnelen in der Hand. Er ging zum Boot und verwahrte die Köder in der Kühlbox mit Eis. Für einen Außenstehenden, der weder den rot lodernden Hass im Herzen des Sohns noch die grünliche Flamme der Verachtung in dem des Vaters sehen konnte, wäre der Moment untergegangen im Fluss der Zeit.

Der Vater sah, dass alles in bester Ordnung war, und sagte nichts. Mario war erleichtert, dann stieg die Wut wieder hoch.

»Und Javier?«, fragte der Vater.

»Ich hole ihn.«

Wie erwartet lag sein Bruder, in gelben Shorts und mit roter Nylonregenjacke, im Wohnzimmer seines Bungalows in der Hängematte und las im Schein der nackten Glühbirne in einem Buch. Javier hatte die gleichen durchdringend schwarzen Augen wie der Vater. Er war etwas kurzsichtig und trug eine kleine, robuste Brille, die auf See beschlug und die er mit einem Handtuch putzte, das er sich immer um den Hals legte, wenn er mit dem Boot ausfuhr. Überall im Bungalow waren Bücher: im Wohnzimmer, in den anderen drei Räumen, selbst in der Küche und im Bad; sie standen nicht in Regalen, sondern stapelten sich auf dem Boden, wie in einer Abstellkammer oder einem Lagerraum.

Auf dem Fußboden neben der Hängematte lagen Javiers Angelruten, der Plastikeimer mit den Angelrollen und sein Arhuaco-Beutel, in dem immer ein Buch, Zigaretten, das Taschenmesser und kleinere Angelutensilien steckten: Haken, Blei und andere Dinge. Auch das Glas mit Marihuana und Pfeife war darin. Wenn er auf dem Boot kiffte, setzte er sich so hin, dass der Rauch nicht zum Vater zog, weil der sonst wieder sagte, er solle aufhören mit diesem Scheiß. Neben dem Beutel standen die vier großen Thermosflaschen, die sie immer mitnahmen, gefüllt mit starkem, süßem Kaffee, und eine Plastiktüte mit zehn ungeschälten hart gekochten Eiern.

»Seid ihr so weit?«, fragte Javier.

Mario steuerte das Boot. Obwohl der Vater in den Bergen aufgewachsen war, hielt er sich für einen besseren Seemann als seine Söhne; seit einiger Zeit gönnte er sich aber den Luxus, sich nur noch den Wind in sein braun gebranntes, glatt rasiertes, gut geschnittenes Gesicht pusten zu lassen. Er war einundsiebzig und sah aus wie sechzig. Am Horizont zuckte ein Blitz durch den Nachthimmel. Mario fasste die Ruderpinne des Evinrude mit der Linken. Das Meer war ein schwarzer Spiegel.

5 Uhr

Nora hatte gemerkt, dass ihr Sohn ins Zimmer getreten war, und hatte sich schlafend gestellt. Das Anlassen des Motors klang grausam in ihren Ohren, und sogleich ließ sich von der Zimmerdecke der Chor der Propheten vernehmen:

»Klänge im Hintergrund, auf die die Sterne scheinen. Riesenwelle, die die Zähne fletscht.«

»Stimmt«, sagte Nora. »So etwas kommt vor. So ist das Leben.«

29. Dezember. Am 23. hatte ihr Mann, der König, am Strand eigenhändig ein Schwein abgestochen, das so laut wie eine ganze Herde geschrien hatte, und genau so hörte sich jetzt das Aufheulen des Motors an, als das Boot in See stach. Bald würde es hell werden.

»Es wird hell, es wird hell. Wozu eigentlich?«, fragte sich Nora laut.

»Sonnenfieber, das den Strand versengt, Sonne, die alles niederstreckt«, prophezeite der Chor, obwohl es noch viele Stunden waren, bis die glühende Hitze auf dem Meer einsetzte, die der Vater nicht vertrug.

Die Zimmerdecke, aus Kiefernholz, war niedrig und erdrückend, doch im Bungalow war es kalt. Man hatte Nora den Ventilator weggenommen, nachdem sie ihre Finger in die Flügel gesteckt hatte, und danach hatte sie lange unter der Hitze leiden müssen, denn der Vater wollte ihr kein Klimagerät kaufen. Als die Zwillinge ihr schließlich von ihrem eigenen Geld eines besorgt hatten, hatte er sich wegen der Stromkosten zunächst geweigert, es anzuschließen, dann aber nachgegeben, und jetzt war es immer sehr kalt, wenn sie vergaß, das Gerät auszuschalten.

»Klopf, klopf«, sagte jemand vor der Tür.

Es war Doña Libe, die jeden Morgen mit ihrer jüngsten Tochter kam, um Nora zu einem Spaziergang am Strand einzuladen. Manchmal ging sie mit, manchmal nicht.

»Wer ist da?«

»Ich bin's, Doña Nora, der Schneider«, sagte Doña Libe.

Heute wollte Nora mitgehen. Die Nachbarin und ihre Tochter kamen immer vor Sonnenaufgang, und die drei schauten zu, wie der Mangrovenwald im Morgenlicht langsam Gestalt annahm. Die Tochter war sechzehn und geistig zurückgeblieben. Die Nachbarin war weiß, etwa fünfzig Jahre alt und rundlich. Sie hatte immer einen Badeanzug an, und ihre Augen waren geschminkt. Sie sahen, wie die ersten Reiher von ihren Schlafbäumen aufflogen, in Richtung der Lagune, die südlich lag. Doña Libe fragte, ob die Jungen gut weggekommen seien – und schon meldeten sich die Stimmen, um zu singen und der Nachbarin, einfach unvorstellbar!, das Unglück anzukündigen, das sie vielleicht erwartete. Nora musste sie mit leiser Stimme und nachdrücklichem Gesichterschneiden (damit Doña Libe nichts mitbekam) zurechtweisen:

»Psst, wollt ihr wohl still sein! Doch nicht jetzt! Was fällt euch ein, ihr Schwachköpfe!«

»Mit wem sprechen Sie, Doña Nora?«, fragte Doña Libe und lächelte. Sie und ihr Mann führten ein kleines Hotel, ebenfalls mit Cabañas, ungefähr eine halbe Meile entfernt, in der Richtung, in die die Reiher davonflogen.

»Ich?«

»Ja, Doña Nora.«

»Mit niemand, warum?«

»Ach, nur so«, zwitscherte die Nachbarin und lächelte immer noch.

Auf dem Meer gab es keinerlei Anzeichen einer bevorstehenden Katastrophe. Weit draußen waren die Lichter der großen Kutter zu sehen und vorn die kleinen Lichter der Fischerboote, die auf dem Weg zu ihren Fanggründen in Küstennähe waren.

»Seht ihr, was ihr angerichtet habt!« Nora war aufgebracht, weil der Chor so unvorsichtig gewesen war, Doña Libe in ihre Angelegenheiten einzuweihen.

Sie gingen im seichten Wasser, das ihnen bis zu den Knöcheln reichte. Doña Libe leuchtete mit ihrer Taschenlampe auf den Schaum der auslaufenden Wellen. Linker Hand rannten die Strandkrebse aufgeschreckt über den weißen Sand, als sei der Tag des Jüngsten Gerichts gekommen und sie müssten sich vor Gott in ihren Löchern verstecken. Rechter Hand bewegte sich die Schar, jetzt schweigend, aber einige von ihnen standen Nora im Weg und versperrten ihr die Sicht, sodass sie sich auf die Zehenspitzen stellen musste, um die Lichter auf dem Meer sehen zu können.

»Geht gefälligst zur Seite, ihr! Ich kann doch nicht durch euch hindurchschauen!«, sagte sie mit einer Stimme, die durch ihre Krankheit merkwürdig piepsig geworden war.

Die Nachbarin schaute sie verwundert an, ganz im Gegensatz zu dem jungen Mädchen, das in seiner Entrücktheit kaum Notiz nahm von dem, was in seiner Umgebung vor sich ging.

Dort draußen musste das Boot sein.

Nora dachte an ihre beiden Söhne und wünschte sich, dass sie heil zurückkehrten. Der Chor verstand ihre Besorgnis als Aufforderung, wieder loszulegen:

»Mond, der wässrig leuchtet. Mond, der den Vers ans Kreuz schlägt …«

»Jetzt reicht's aber! Auf der Stelle ist Ruhe, ja?«, fuhr Nora mit ihrer dünnen Stimme dazwischen.

»Die reden ganz schön viel, nicht wahr?«, bemerkte die Nachbarin, die in ihrer Gutherzigkeit immer bemüht war, sich in andere Menschen hineinzudenken.

Nora machte sich Sorgen um ihre Söhne auf dem Boot. Die Schar hatte sich offenbar vorgenommen, ihre Angst auszuplaudern, also musste sie den Chor zum Schweigen bringen. Die Nachbarin sollte nichts merken. Nora hielt es für möglich, dass Doña Libe Teil der Verschwörung war, die die Schwarze Hand mithilfe ihres Mannes gegen sie angezettelt hatte, und beobachtete sie argwöhnisch aus den Augenwinkeln, fast so, als gäbe es gar keinen Zweifel mehr daran, dass sie am Komplott beteiligt war.

Sie kamen an Doña Libes Hotel vorbei und grüßten ihren Mann, der im Licht der Straßenlaternen den Rasen sprengte. Der Wasserschlauch in seiner Hand kam Nora wie ein Phallus vor. Der Mann war dunkel und groß, etwa sechzig Jahre alt; er hatte einen Schnurrbart, und wenn er lächelte, strahlten seine hellen Augen. Sie gingen weiter in Richtung Lagune und kamen an den Ferienhäusern der Leute aus Medellín vorbei, die zu dieser Jahreszeit von ihren Besitzern bewohnt waren. Es war erst halb sechs, und die Hausherren und Angestellten schliefen noch. Nora blieb vor einem Haus stehen und betrachtete gebannt die Meerbilder mit Schiffen und Sonnenuntergängen, die auf den Kacheln am Eingang in die Mauer eingelassen waren. Doña Libe zog sie sanft am Ellbogen von den Bildern weg. Sie gingen zum Strand zurück und wateten weiter durch das seichte und noch dunkle Wasser.

»Don Alberto sieht aus wie der Teufel«, sagte Nora plötzlich, und die Nachbarin lächelte geschmeichelt.

»Schön wie der Teufel und ein Teufelskerl«, sagte sie. »Stimmt's, Mädchen, dein Papá ist ein schöner Mann?«

»Ja.«

Die Nachbarin sagte immer, ihre Tochter habe Hirnhautentzündung gehabt, aber Nora war überzeugt, dass die Kleine von Geburt an zurückgeblieben war. Sie war groß gewachsen, was sie in Noras Augen noch hässlicher machte, und sah aus, als sei sie mit ungelenker Hand aus einem Stück Karton ausgeschnitten worden: Die Nase war zu groß und zu krumm geraten, die Augen standen zu nah beieinander, und der Hinterkopf fehlte.

»Dass ihr mir ja die Klappe haltet!«, rief Nora der Schar vorsichtshalber zu. Wo der Kapitän befiehlt, hat der Matrose nichts zu melden, dachte sie. Wenn nur einer der Zwillinge dem Kapitän das Messer in den Leib stoßen würde. Oder lieber doch nicht. Man könnte ihn auch ins Wasser werfen. Ertrinken soll ein süßer Tod sein. Ein süßer Tod im salzigen Wasser, wie findet ihr das?

Auf der glatten Wasserfläche waren jetzt die Kanus der Fischer zu sehen, kurze, dunkle Striche. Sie werden alles wegfischen und meinen Söhnen nichts übrig lassen, dachte Nora voller Groll.

»Ach, wenn ich nur schon Urlaub hätte!«, sagte sie dann mit einem müden Seufzer. Diesmal war die Nachbarin tatsächlich überrascht und beeindruckt.

»Wo arbeiten Sie denn, Doña Nora, wenn ich fragen darf?«

»Im Außenministerium, ein Sack voller Nieten.«

Sie waren fast bei den Buden angekommen, kurz vor der Einmündung der Lagune. Bald würden sich hier die Touristen drängen, die in Bussen aus Montería und Sincelejo angekarrt wurden, um zu essen, zu trinken, zu tanzen und zu baden. Jetzt war der Sand noch tadellos sauber und geharkt, und man konnte sich nicht vorstellen, dass er in wenigen Stunden voller Dreck und Abfall sein würde. An einem Sonntagnachmittag war Nora mit ihren Kindern dort gewesen und hatte ein Würstchen Menschenkot gesehen, das im Wellenspiel zwischen Strand und Meer hin und her schwappte, während sich direkt daneben die Badegäste im Wasser vergnügten. Seitdem wollte Nora immer umkehren, sobald sie die palmengedeckten Dächer der Buden sah. Es war, als sei das Würstchen immer noch dort und warte auf sie.

Sie kehrten um, und als sie Playamar erreichten, verabschiedete sich die Nachbarin und ging mit ihrer Tochter nach Hause. Die Tochter verabschiedete sich nie.

»Unwetter, das den Kompass kreuzt. Sextant, der den Horizont nicht sieht.«

»Ja, ich weiß, ihr braucht mir das nicht so oft zu sagen. Ihr geht mir auf die Nerven. Wisst ihr, was? Warum machen wir nicht eine Party?«

Sie vergewisserte sich, dass die Türen und Fenster gut geschlossen waren, stellte die Temperatur des Klimageräts etwas herunter, und die Party konnte beginnen.

6 Uhr

Wie eine Wand hatte Javier vor sich den unberührbaren Rücken des Vaters, der am Bug saß und den frischen Morgen empfing. Der Vater war kräftiger gebaut und kleiner als er und trug ein ausgeblichenes Polohemd, das einmal rot gewesen war. Javier war mittelgroß; von ihm sagte man, er sehe dem Vater ähnlich, im Gegensatz zu seinem Bruder. Mario war blond und hochgewachsen, so wie einst Nora, bevor die Krankheit ihren Körper veränderte und ihn schrumpfen ließ.

Dass er seinem Vater ähnlich sah, kümmerte Javier nicht.

Sein Verhältnis zu ihm war nicht einfach, aber anders als Mario hatte er gelernt, seine Gefühle unter Kontrolle zu halten. Er war immer bemüht, einen kühlen Kopf zu bewahren, damit seine Mutter und sein Bruder es nicht noch schwerer hätten. Wie Mario nahm Javier gerne Drogen: Marihuana, Kokain und gelegentlich auch Amphetamine; das half ihm gegen die Monotonie des Lebens am Meer, aber er wusste fast immer, wann er aufhören musste. Wie sein Bruder schloss auch er sich manchmal in seinem Bungalow ein und ließ sich erst nach ein paar Tagen wieder blicken. Diese Anfälle von Melancholie und die Zuflucht zu Alkohol, Drogen und Büchern leistete er sich allerdings nur in der toten Zeit, wenn keine Touristen kamen, denn genau wie sein Vater und sein Bruder war Javier in erster Linie Geschäftsmann, und zwar ein guter, selbstdisziplinierter, dem es nie eingefallen wäre, sich das Geschäft zu vermasseln, indem er seinen Bedürfnissen nach Lesen, Trinken und Kiffen zur Unzeit nachgab.

Javier glaubte keineswegs, dass er und Mario Versager waren, wie sie der Vater nannte, wenn er getrunken hatte, und manchmal auch, wenn er nüchtern war. Ihm machte dieses Geschwätz nichts aus, aber Mario war empfindlicher und ließ sich verletzen. Javier bestritt nicht, dass sie beide Drogen nahmen, aber immerhin taten sie es nicht auf Kosten anderer. Sie führten erfolgreich das Restaurant des Hotels und hatten obendrein, ohne Zutun des Vaters, einen Lebensmittelladen an der Asphaltstraße gekauft, der gut lief.

Er zog eine Packung Pielroja aus seinem Beutel, wandte dem Wind den Rücken zu und zündete sich eine Zigarette an. Dann sah er, dass Marios Blick starr geradeaus gerichtet war und er das Steuer eine Spur zu krampfhaft festhielt. »Wer weiß, was in den Dummkopf gefahren ist«, dachte Javier. Der Evinrude-Motor war fast neu und hatte einen soliden, gleichmäßigen Klang. Es machte Spaß, zu erleben, wie sich der Bug aufrichtete, wenn Mario Gas gab. Billig war der Motor nicht gewesen, aber was teuer ist, macht sich mit der Zeit bezahlt, dachte Javier. Sie kamen jetzt an die nördliche Spitze des Golfbogens und nahmen Kurs auf die erste Insel des Archipels, in deren Nähe sie die Angeln auslegen wollten. Weit draußen, in nordwestlicher Richtung, hatten sich an einer Stelle dunkelgraue, fast schwarze Wolken zusammengeballt, eine steinfarbene Insel am Himmel, die sich jetzt unter unablässigem, heftigem Blitzen entlud. Es war, als würde sich an diesem fernen Punkt ein begrenztes Inferno abspielen. Der Rest des Meeres, der Rest des Universums war ruhig und blau.

Javier schenkte sich Kaffee aus der Thermosflasche ein und trank in kleinen Schlucken, während das Boot das türkisblaue Wasser durchpflügte. Auf hoher See wurde das Schauspiel des Gewitters immer großartiger. Keiner gab einen Kommentar dazu ab, keiner hatte das Verlangen zu sprechen, schon gar nicht über Meereslandschaften. Aber immer wieder wandten sie den Blick den Blitzen zu.

Steuerbord erschien jetzt die Insel, mit ihren Kokosbäumen und palmengedeckten Hütten, mit Zelten von Touristen und deren Badesachen, die, zum Trocknen auf Mangrovenzweige gehängt, wie Lumpen aussahen. Sie fuhren weiter, bis die Insel wieder verschwunden und überall nur Wasser war.

Der Vater sagte »Hier!«, und an dieser Stelle warfen sie den Anker aus.

Kaum tauchten die Angelhaken ins Wasser, bissen schon die Fische an: Spitzmaulbrassen, Rote Schnapper, große Seebarsche, die dann zappelnd auf dem Boden des Boots landeten. Manchmal betäubten sie sie mit einem kurzen Knüppel; oft kamen sie aber nicht dazu, weil sie sich um die Fische kümmern mussten, die an den anderen Haken angebissen hatten. Einen solchen Fischsegen gab es selten. Sie angelten Stachelmakrelen, *Sierras*, Stöcker. Javier musste eine Pause machen, um sich auszuruhen. Er rauchte eine Zigarette und holte dann das Glas mit dem Marihuana aus seinem Beutel. Als er die Pfeife anzündete, achtete er darauf, dass der Rauch nicht in die Richtung des Vaters zog.

7 Uhr

Ich bin der alte Mann aus der Cabaña 5. Einer der Feriengäste hier. Nummer 5 hat den schönsten Blick aufs Meer, obwohl die Klospülung nicht immer funktioniert und die Fliegengitter vor den Fenstern die Moskitos durchlassen. Meine älteste Enkeltochter und ihr Mann haben mich mitgenommen. Wenn man alt ist, wacht man immer früh auf, und so sah ich durch die Jalousien, wie der Vater mit seinem Wurfnetz aufbrach und der eine Sohn die Coleman-Lampe anzündete und anfing, das Boot fertig zu machen. Ich legte mich wieder hin, nicht um zu schlafen, sondern um auf den Tag zu warten. Ich hörte, wie sie losfuhren. Wenn man alt ist, kommen einem die Nächte ewig vor. Und das Geräusch der Wellen lässt sie noch länger werden. Man weiß nicht mehr, ob das Leben lang ist oder kurz, mit seinen Sekunden, die im Schneckentempo dahinkriechen, und seinen Wochen, die im Flug vorbeisausen. Ich schlief dann aber doch wieder ein. Als ich aufwachte, war es Tag, und ich hatte den Vater und seine Söhne vergessen.

Wir sind die Gäste, die Touristen.

Ich bin das sieben Jahre alte blonde Mädchen aus Medellín, das auf den Rückenstachel eines Seewolfs getreten ist und dem dann ein schwarzer Junge auf die Wunde gepinkelt hat, um sie zu entgiften. Es war schon fast dunkel, als wir gestern mit meinen Eltern und zwei Tanten ankamen. Kaum war ich heute Morgen wach, bin ich zum Strand runtergerannt und rein ins Meer, und als mir das Wasser noch nicht einmal bis zu den Knien reichte, peng, da bin ich auf den Fisch getreten und hatte den Stachel im Fuß. Vom Hotelbesitzer und von seinen Söhnen habe ich nichts mitgekriegt, aber ich weiß jetzt, wie sehr so ein Seewolf-Stachel wehtut und wie warm das Pipi von Jungen ist. »Wie konntest du dich denn vollpinkeln lassen?«, sagte meine Mutter, als sie an den Strand kam. »Nur den Fuß, *Seño*«, sagte der Junge. Sie schaute ihn nicht einmal an. Beinahe hätten wir zum Arzt gehen müssen.

Oder ich, die Großmutter aus den Bergen von Antioquia, die noch nie am Meer war und die sich, weil niemand achtgab, sofort einen Sonnenbrand an Schultern und Oberschenkeln holte und der jetzt Magnesiummilch auf die Brandblasen gestrichen werden muss. Ich weiß nicht, und es ist mir im Augenblick auch egal, was die da draußen auf dem Meer erwartet. Ich weiß nur, was Brandblasen sind und Fieberträume, die man vom Sonnenbrand bekommt, und was die Angst vor dem Tod ist.

Und ich, um es kurz zu machen, bin der Gast, der sich am Strand betrunken hat und nichts sah, denn er schlief um zehn Uhr abends ein und wurde um sieben Uhr morgens von der Sonne geweckt, im Sand, mit einer fast leeren Flasche in der Hand und Gewissensbissen im Bauch.

Alle Menschen haben irgendwelche Vorahnungen, auch wir, die Touristen, aber zugegeben, wir liegen oft daneben. Ich habe das Gefühl, es wird regnen, sagen wir, und eine halbe Stunde später kommt die Sonne raus. In der Beziehung sind wir in den Augen der Einheimischen wie Kinder, denn wir haben alles im

Gefühl, bloß vom Meer verstehen wir nichts. Gebt mir eine Angelschnur und einen Haken, und ihr werdet sehen, wie ich mich darin verheddere, und nicht nur mich, sondern alle im Boot. Darum nehmen uns die richtigen Fischer, wie der Vater und die Zwillinge, nur ungern mit. Aber wir Touristen sind hier, um Spaß zu haben, und so lachen wir darüber und noch über vieles mehr. Wir bleiben ja nicht für immer hier am Golf: Wir sind Bankangestellte, Grundschüler, Studenten in höheren Semestern, Kindergartenkinder, Taxifahrer, Rentner, Hausfrauen … Arm sind die dran, die immer hierbleiben müssen, verdammt und festgekettet an dieses Meer.

Wir hörten, dass Noras Verdammnis schon vor Jahren begonnen hatte, als sie noch in Montería wohnten. Der Vater hat sie nie geliebt und heiratete sie nur wegen der Kinder, um ihr zu helfen. Er schlug sie nur selten und sorgte dafür, dass ihr nie etwas fehlte. Aber er dachte überhaupt nicht daran, seine zahlreichen Liebschaften zu verheimlichen, sondern gab sich ihnen direkt vor ihrer Nase hin, und genauso wenig kümmerte ihn, welchen Schmerz er damit Noras Seele und den Kindern zufügte.

Erst vor Kurzem ist er mit einer jungen Frau angekommen, Iris, die jetzt bei ihm in Playamar wohnt. Sie kam mit Kind und Kegel. Wenn jemand ihm etwas von Seelenschmerz erzählt hätte, hätte der Vater ihn angeschaut, als ob er Russisch spräche, oder er hätte ihm vielleicht ins Gesicht gelacht. Natürlich verirrt sich an diesen Golf nur selten ein Tourist, der etwas von Seelenschmerz und seinen Auslösern versteht. Der Tourismus hier ist eher von der feuchtfröhlichen Sorte, und zumindest während der Hauptsaison sind keine Intellektuellen oder Akademiker anzutreffen, denn die wollen ihre Ruhe. In der Nachsaison aber kommt schon mal einer, und dann hat Javier jemanden, mit dem er reden kann. Auf diese Weise erfuhr er, dass psychischer Druck Schizophrenie auslösen kann –

Dinge, die der Vater, hätte man sie ihm vorgeworfen, als »völligen Schwachsinn« abgetan hätte.

Auch wenn keiner von uns dabei war, erfährt man doch alles, was hier geschieht, denn es gibt immer einen Einheimischen am Golf, der Bescheid weiß und die Geschichte erzählen kann, und so kommt es, dass einem über kurz oder lang nichts verborgen bleibt – nicht einmal das, was auf hoher See im Boot geschah oder nicht geschah, als sie die Insel hinter sich gelassen hatten und Anker warfen; und auch nicht das, was sich danach abspielte, auf der Rückfahrt.

Ich bin der nette Herr, der im Alter von siebenundfünfzig Jahren aus Gründen, über die ich nicht reden will, plötzlich allein dastand (obwohl ich daheim in Remedios Cousins und Cousinen habe) und der den ganzen Tag am Strand auf und ab läuft und mit jedem ein Gespräch anfängt. In Medellín wohne ich am San-Ignacio-Platz in einer Pension bei zwei alten Frauen. Sie haben mich sehr gern, und ich mag sie auch. Wir essen alle drei Mahlzeiten gemeinsam, die zwei Alten und ich und noch drei Rentner. Ich habe früher bei Siemens gearbeitet, und das Erste, was ich den Leuten erzähle, wenn ich sie am Strand kennenlerne – und ich kenne inzwischen viele Leute, denn ich bin dauernd unterwegs –, ist, dass ich ein Siemensianer bin.

Ich frage den Leuten Löcher in den Bauch.

»Die Inseln liegen also da drüben?«

»Ja, Señor, da drüben«, antwortet der Fischer neben seinem Boot. Er ist schwarz, kurz angebunden, herablassend.

Dem Touristen sagt er nicht, dass er heute aus Angst vor einem Sturm nicht zum Fischen gefahren ist.

»Dort soll es eine Menge Fische geben.«

»Jedenfalls genug.«

»Sind sie weit weg, die Inseln?«

»Mehr oder weniger«, sagt der Fischer und beschließt, etwas freundlicher und mitteilsamer zu sein. »Ungefähr zwei Stunden mit einem guten Boot. Mit meinem drei.«

Müde und enttäuscht, weil er immer die ganze Last einer Unterhaltung tragen muss, setzt sich der Mann in eine Bar an der Straße, die zur Plaza führt, und bestellt ein eisgekühltes Bier. Bei der Frau, die die Kunden bedient, hat er mehr Glück. Er ist der nette, einsame Tourist. Er befindet sich in der wichtigsten Stadt am Golf, Tolú, die nur zwanzig Minuten im Taxi von seinem Hotel entfernt liegt. Hier kann er sich endlich aussprechen, und die Kellnerin geht freudig auf ihn ein, egal, was für ein Thema er anschneidet.

Und ich bin der vierzigjährige Mann und Vater von drei Mädchen mit hellen Augen, zehn, neun und sieben Jahre alt, und Besitzer eines Toyota Land Cruiser, der hier am Strand viele Bewunderer findet, nicht nur unter denen, die keine Ahnung von Geländewagen haben, sondern auch unter Kennern.

Ein tüchtiger Geschäftsmann ist er, dieser Tourist, er hat Geld und sagt, er wolle am Golf investieren. Am Abend zuvor hatten er und der Vater der Zwillinge unter einem dieser hübschen Palmdächer am Strand bei frittiertem Schweinefleisch, gebackenen Kochbananen, *Arepas* und viel *Aguardiente* lange miteinander geredet. Der Vater erzählte dem geschäftstüchtigen Touristen, er habe zwei Söhne, die nichts taugten. Sonst würde er nicht im Traum an Verkauf denken – er nannte einen Preis von hundert Millionen, obwohl die ganze Anlage höchstens vierzig Millionen wert war –, aber er könne den Betrieb nicht mehr allein führen, auch wenn das Geschäft gut liefe. Der Vater nannte dem Besucher Zahlen, die beeindruckend waren. In der Hochsaison kämen manchmal vier Busse auf einmal aus Medellín, alle vollgestopft mit Touristen, sodass er bis zu acht Menschen in einem Zimmer unterbringen müsse. Und da für alle derselbe Preis pro Bett und Nacht gelte, nun, rechnen Sie mal aus. Plus das Essen. Plus den Schnaps …

Bescheidenheit ist nicht Sache des Vaters, und so verwandelte sich das Hotel Playamar mit fortschreitendem Alkoholkonsum immer mehr in ein Monument seines Unternehmergenies. Wenn er trinkt, redet er viel, der Vater, zu viel. Mario, der in sich gekehrt und schweigsam ist, bringt das zur Weißglut. Wie oft hat er schon mit anhören müssen, er und sein Bruder seien Versager! Inzwischen war auch der Gast betrunken – obwohl man es ihm nicht anmerkte, denn er verstand zu trinken – und zeigte sich aufrichtig beeindruckt. Natürlich ist er ein Heuchler, dieser Tourist, Aufrichtigkeit liegt ihm so fern wie sonst was, und er wusste sehr wohl, dass das Hotel nicht einmal halb so viel wert war wie der Preis, den der Vater genannt hatte. Er wusste, dass der Vater an Größenwahn litt, wie man ihn oft bei Unternehmern findet, die klein angefangen haben, aber das störte ihn nicht, das kannte er von vielen erfolgreichen Geschäftsleuten. Der Tourist hatte nicht die geringste Absicht, irgendein Hotel zu kaufen, obwohl er das Geld dafür gehabt hätte, und der Vater wusste sehr genau, dass sein Gast keinerlei Kaufabsichten hegte, obwohl er das Geld dafür hatte. Dem Verhältnis der beiden lag eine stillschweigende Übereinkunft zugrunde: Ich höre mir dein sentimentales Gefasel vom Golf an und was für ein toller Geschäftsmann du bist, und dafür behandelst du mich nicht wie einen dieser Allerweltstouristen, die in kurzen Hosen im Bus angefahren kommen, sondern wie einen Ehrengast der Extraklasse.

Wenn er vom Golf spricht, von der Schönheit der Sonnenuntergänge und den Farben des Meeres, wird der Vater lyrisch. Das bringt Mario jedes Mal auf die Palme. Der Vater rühmt auch die Ruhe, die man hier findet, obwohl genau in diesem Moment die Musik aus der Stereoanlage eines vorüberfahrenden Wagens so laut dröhnt, dass der Vater kaum mehr zu verstehen ist und sogar die Meeresbrandung übertönt wird. Schließlich preist er die Sauberkeit der Umwelt, wobei Mario sehr wohl weiß – ohne dass es ihn allerdings kümmert –, wo das Abwasser vom Hotel hinfließt.

Während Mario das Gespräch seines Vaters mit dem Touristen mithörte, wünschte er, dass aus der Nacht ein Blitz niederführe und beide erschlüge. Als der Vater wieder einmal sein Schicksal beklagte, mit zwei unnützen Söhnen gestraft zu sein, kam dem Gast der Gedanke, dass man vielleicht nicht so schlecht von den eigenen Kindern reden sollte, besonders wenn sie einen hören können, aber dann sagte er doch nichts. Jeder muss selber wissen, wie er seine Kinder aufzieht. Er für seinen Teil würde sich eher die Zunge ausreißen, als etwas Schlechtes über seine Töchter zu sagen, denn er liebt sie von Herzen, so wie er seine Frau von Herzen liebt und seine Töchter und seine Frau ihn lieben. »Jeder für sich, jeder für sich …«, dachte er, nicht ohne eine gewisse alkoholische Schwermut, während er sah, wie Mario im Licht des Kiosks auftauchte, um einem kleinen Jungen etwas zu verkaufen, und wieder im Schatten verschwand.

Ich bin Yónatan, der Junge, der an dem Abend eine Dose gezuckerte Kondensmilch am Kiosk gekauft hat. Ich bin sieben Jahre alt und gehe in die erste Klasse der Fernando-González-Schule in Envigado, Antioquia. Der Mann am Kiosk war einer der Söhne des Hotelbesitzers. Beim Wechselgeld, das er mir gab, war ein zerfledderter 1000-Peso-Schein. Sein Vater, der Hotelbesitzer, saß an einem Tisch am Strand und trank mit einem anderen Mann. Der Sohn schaute die ganze Zeit zu den beiden rüber. Ich blieb mit dem Geldschein in der Hand beim Kiosk stehen. Der Sohn schaute von den zwei Männern weg.

»Was willst du noch?«, fragte er mich.

»Können Sie mir bitte einen anderen Schein geben?«, bat ich.

»Einen anderen Schein? Du spinnst wohl! Das ist Geld, gutes Geld. Der ist zwar nicht mehr ganz neu, aber Geld ist Geld. Hau jetzt ab, ja? Ich hab zu tun«, sagte er, schaute wieder zu den zwei Männern und verließ den Kiosk.

Ich steckte das Wechselgeld in die Badehosentasche und gab acht, dass der 1000-Peso-Schein nicht völlig zerfiel.

Also trollte sich der Junge mit seinen 1000 Pesos in der Tasche und füllte sich den Mund mit gezuckerter Kondensmilch, bis die Süße in seiner Kehle kratzte und er husten musste.

Am nächsten Morgen würden der Vater und die Zwillinge aufbrechen, und am Anfang würde es, wie schon erwähnt, von Fischen wimmeln, und danach würden die Fische wegbleiben, und dann würde der Schwarm der großen *Sábalos* kommen und dann das Unwetter und die schwere See.

8 Uhr

Es bissen so viele Fische an, dass ihnen keine Zeit blieb, sie mit einem Keulenschlag zu betäuben, und jetzt zappelten sie auf dem Boden des Boots wie ein durcheinandergeratener Regenbogen, dessen strengen Geruch sie nur zu gut kannten. »Mehr als 500 Kilo können wir nicht mitnehmen, sonst kentert das Scheißboot noch, sobald sich das Scheißmeer ein bisschen schüttelt«, dachte der Vater. »Zur Not müssen wir die Box mit der Cola über Bord werfen. Und die mit den Bohnen. Und einen der Zwillinge.« Er musste über seinen eigenen Witz lachen. An einer der Angelruten gab es einen gewaltigen Ruck, die Schnur spulte sich mit durchdringendem Sirren ab, und der Vater begann, den Fisch einzuholen, der eine Stachelmakrele oder ein großer Stöcker sein musste – so wie der kämpfte.

Das Gewitter, das sie im Nordwesten gesehen hatten, hatte immer noch deutliche Grenzen, mit scharf geschnittenen Rändern, wie ein Quader, war inzwischen aber drei Mal so groß geworden und bewegte sich in Richtung Küste. Der Vater zog eine prächtige, fast einen Meter lange goldene Stachelmakrele an Bord, gab ihr zwei harte Schläge und schaute zum Gewitter hin, ohne sich dabei etwas zu denken. Es war noch so weit entfernt, dass der Donner nicht zu hören war.

»Los, an die Arbeit!«, sagte er zu Javier, der gerade wieder rauchte. »Zum Rauchen hättest du auch zu Hause bleiben können!«

Javier sagte nichts. Fast nie gab er Kontra, und vielleicht war das der Grund, weshalb der Vater mit ihm weniger Probleme hatte; der andere Sohn war aufsässig und hatte sich darum immer wieder einen Anschnauzer oder eine Ohrfeige eingefangen. Eigentlich schlägt der Vater die Söhne nicht gern, aber manchmal ist es das Beste, denn so ist die Sache schnell erledigt, und auf lange Sicht funktioniert die Methode. Trotz Noras Umnachtung und trotz seines gestörten Verhältnisses zu den Söhnen ist der Vater der Meinung, dass das Leben es, aus der richtigen Perspektive betrachtet und unterm Strich, gut mit ihnen gemeint hat, schon allein wenn man bedenkt, welchen Wohlstand das Hotel ihnen gebracht hat.

100 Millionen Pesos das Hotel; 10 der Jeep; 20 das Grundstück hinter dem Hotel auf der anderen Straßenseite, wo man die Hotelanlage eines Tages erweitern könnte; 50 ein Haus im Ort, das ihm gehört. Was noch? Etwas fehlt. Ach ja, das Haus in Medellín, in dem drei seiner Schwestern wohnen, die unverheirateten, die keine Miete zahlen, und das ist noch mal 100, 150 wert. Und gerade als der Vater zusammenzählen wollte, bemerkte er den Ruck an einer der Angelruten, und nach wenigen Minuten zog er einen ein bis anderthalb Pfund schweren Seebarsch aus dem Wasser.

Die Welt ist ein Füllhorn.

Am Abend zuvor hatte der Vater bis um zehn Uhr mit dem Gast zusammengesessen, der, wie er sagte, ein Hotel am Golf kaufen wollte, und war dann zu Bett gegangen. Im Grunde war der Vater ein Pflichtmensch: Wenn er trank, betrachtete er das als Teil seiner Arbeit, als Dienst am Kunden; und wenn er mit seinem Wohlstand prahlte und sich abfällig über seine Söhne äußerte, dann tat er das zum einen aus Eitelkeit, zum anderen aber, um dem Gast etwas zu bieten, um ihn zu unterhalten. Mit dem Alkohol schlug er aber nie über die Stränge und hatte den Hotelbetrieb jederzeit in der Hand. In seiner Leutseligkeit steckte kaltes Kalkül, das von seiner Verachtung der Touristen zeugte, so wie einer einen dummen Menschen oder die Henne mit den goldenen Eiern verachtet, weil sich nämlich beide, der Dummkopf und die Henne, leicht ausnehmen lassen. Seine Art, das Gastgewerbe auszuüben, hatte etwas von Gewalt an sich.

Was der Vater nicht akzeptieren wollte – und das hatte auch der schlaue Tourist an jenem Abend intuitiv erkannt –, war, dass er und die Zwillinge, auch wenn sie gute Fischer waren, nichts vom Meer verstanden. Genau diese Anmaßung, dass man das Meer kennt, hat zu Katastrophen geführt, seitdem es das Meer gibt. Die Jungen waren fast am Golf geboren, das stimmte, doch letzten Endes waren sie Landratten und an der Küste Fremde geblieben. Alle drei waren versierte Angler – der Vater hatte sogar mit dem längsten Schwertfisch und dem dicksten Zackenbarsch zwei Anglerwettbewerbe gewonnen –, aber bei einem Wetter wie an jenem Tag wäre kein echter Fischersohn oder Fischerenkel draußen auf dem Meer geblieben. Viele Fischer waren nicht einmal ausgefahren. Die Gier des Unkundigen, vielleicht auch die stechende Sonne trugen dazu bei, dass der Verstand des Vaters getrübt wurde, denn am Abend sollte ein Moment kommen, in dem selbst ihm Schlimmes schwante und Javier ihn sogar warnte, doch er hörte weder auf sein Gefühl noch auf seinen Sohn.

Um halb neun vereinigte sich die Sonne mit dem türkisfarbenen Meer, und das Boot und die drei schwebten in der gleißenden Ewigkeit. Sie holten drei und vier Kilo schwere *Sierras* heraus und Rote Schnapper, die zwanzig Kilo wogen und pro Portion 8000 Pesos einbringen würden. Da das Hotel und die Nachbarhotels voll belegt waren, wären das achtzig Personen – die Kapazität des Restaurants – mal 8000 Pesos. Aber die meisten Touristen aßen ja schnell – ihre Gefräßigkeit war eine Folge davon, dass sie sich so lange im Wasser tummelten, bis ihre Augen vom Salz rot und ihre Finger- und Zehenspitzen schrumplig wie Rosinen waren – und machten den Tisch bald wieder frei, um ihre Siesta zu halten, sodass man jeden Mittag ungefähr hundert Personen abfertigen konnte. »8000 pro Mahlzeit. Die Kochbananen kosten fast nichts. Der Reis noch weniger. Zwei Tomatenscheiben, vier Streifen Kohl. Rechnen Sie mal aus.«

Er hielt sich nicht für habgierig oder geizig, der Vater, sondern für gewitzt. Es war doch nicht nötig, die Bungalows mit allzu vielen Extras auszustatten, in der Hochsaison wären sie sowieso voll belegt. Die Hitze war den Gästen zuzumuten, da sie nah am Meer waren. Sie kämen schon zurecht, und vielen würde der *Aguardiente* zu einem guten Schlaf verhelfen. Natürlich gehörte ein Ventilator zur Ausstattung, auch Moskitonetze (obwohl die teuer sind und die Gäste wüst mit ihnen umgehen). »Aber bloß keinen Wandschmuck und anderen Schnickschnack; keine Duschvorhänge, die sie nicht zuziehen, das Bad wird sowieso nass und trocknet wieder. Touristen lassen die Sachen verkommen, wozu also Perlen vor die Säue werfen. Wenn sie Fünfsternehotels wollen, dann sollen sie doch nach Cartagena gehen, wo sie für ein Heidengeld in einem Meer voller Quecksilber baden können und nicht an einem sauberen Strand wie hier an diesem paradiesischen Golf.«

Immer wieder steckte er Köder an die Angelhaken und holte sie mit Fischen ein, die viele Portionen ergeben würden und schon verkauft und gegessen waren, noch bevor sie das Wasser verließen. Vierzig oder fünfzig Pelikane zogen über das Boot hinweg, in einer Keilformation und lautlos wie immer. Er ärgerte sich, dass Javier seine Arbeit unterbrach, um die Vögel zu beobachten, doch diesmal sagte er nichts. Vielmehr erfasste ihn aus heiterem Himmel, als hätte ihm eine Möwe auf den Kopf geschissen, eine Anwandlung von Mitleid mit seinen Söhnen.

Sind schon arm dran, die beiden, mit einer Irren als Mutter.

»Die Leute reden viel, aber ich habe mir nichts zuschulden kommen lassen«, denkt er, während er eine Angelschnur einholt, deren Köder abgebissen worden war. »Jeder ist selbst verantwortlich für den Weg, den sein Leben nimmt. Sie war schon ein bisschen plemplem, als wir heirateten, und vielleicht hat sie deshalb schnell vergessen, was ich ihr damals gesagt habe: dass ich es nur wegen des Kindes tue und dass ich nicht treu sein kann; dass sie ihr Zuhause haben würde, ihr Essen, ihre Kleider, und dass es weder ihr noch dem Kind – das dann zwei Kinder waren – jemals an etwas fehlen würde, dass ich aber geboren bin, um frei zu sein. Als ich sie heiratete, war ich schon viel herumgekommen im Leben. Ich war fast noch ein Kind, als ich von zu Hause wegging. Und keine fünfzehn, als ich von Ort zu Ort zog und Bratpfannen und Kochlöffel verkaufte, nicht so wie diese beiden Taugenichtse, die keine Ahnung haben, was es heißt, sich im Leben wirklich durchschlagen zu müssen.«

Mario hatte fast ebenso viele Fische geangelt wie er. »Angeln kann er ja, das muss man ihm lassen, nicht so wie der andere, der kifft und manchmal wie blöd aus der Wäsche schaut. Javier holt sie zwar geschickt aus dem Wasser, wenn sie einmal angebissen haben, aber er kriegt sie nur schwer an den Haken.« Obwohl der Vater fast nie etwas Gutes über Javier sagt oder denkt, gibt es in seinem Verhältnis zu ihm etwas, das er sich nicht gern eingesteht: nämlich die Achtung, die er trotz allem vor ihm hat. Kann sein, dass das mit den Büchern zu tun hat. Der Vater liest kaum, aber er ist intelligent und weiß, dass es jenseits seines Horizonts Dinge gibt, denen gegenüber man demütig sein muss; dass man zum Beispiel jemanden wie Shakespeare nicht in den Dreck ziehen darf. Außerdem hat er gesehen, wie Javier es all die Jahre über verstanden hat, trotz der Krankheit seiner Mutter Haltung zu bewahren und gleichmütig und umsichtig zu bleiben. Und nicht ohne Stolz kommt er zum Schluss, dass Javiers Festigkeit und Reife zum großen Teil darauf zurückzuführen sind, dass er, der Vater, sich immer standfest und unnachgiebig gezeigt hat.

Aber die Zwillinge schließen sich manchmal ein, um Drogen zu nehmen, und das ist für ihn jedes Mal aufs Neue ein Grund, sich überlegen zu fühlen und sich Sorgen zu machen. Wenn das vorkommt, übernimmt er die Aufgaben der Jungen und spricht unablässig und sehr laut davon, was für eine Last diese Schwächlinge für ihn sind und was sie ihm alles zu verdanken haben. »Die Wahrheit muss gesagt werden. Schaut nur, sie schließen sich ja zum Sterben ein, sie essen nicht einmal. Sie werden so wie ihre Mutter enden, denkt daran, was ich gesagt habe.« Alle können es hören, die Köchin und die anderen Angestellten, auch die Hotelgäste; beim Personal löst es eine gewisse Bewunderung aus, die Gäste sind eher befremdet. Vor ihnen das Wasser, manchmal graugrün, manchmal türkisblau. In der Luft die Reiher, die sich gegen den blauen Himmel abzeichnen, die Albatrosse. Jetzt im Sommer ist die Hitze sehr stark, trocken, und es weht ein starker Wind. In der Regenzeit, wenn die Jungen sich zum Kiffen und Koksen zurückziehen, ist die Hitze auch intensiv, aber feucht und melancholisch, der Regen kommt in Form von Wolkenbrüchen und hat Blitze im Gepäck.

Der Vater bekommt einen Barrakuda an den Haken, der wild am Boot entlangschießt. Er muss seine Söhne zur Seite stoßen, weil sie ihm beim Kampf mit dem Fisch im Weg sind, dabei wäre das Boot um ein Haar gekentert, und sie hätten ihren Fang von mehr als hundert Kilo verloren. Die Angelschnur wird plötzlich schlaff, sie ist gerissen, und das Triumphgefühl des Vaters verwandelt sich in Wut. Wut auf die Zwillinge, denen er die Schuld an seinem Pech gibt, auf das Meer, auf den Fisch. Er fröstelt vor Kälte.

Er weiß genau, dass die Söhne ihm die Niederlage gönnen.

9 Uhr

»Der alte Sack zieht so lange an der Schnur, bis sie reißt«, denkt Mario, der sich dem Vater, während er mit dem Fisch kämpfte, zwar nicht in den Weg gestellt hatte, ihm aber auch nicht schnell genug ausgewichen war.

Er sieht, wie sich der Vater, geschlagen, auf die zweite Bank setzt, bei der die Kühlbox mit dem Proviant steht, wie er sich zwei harte Eier und eine *Arepa* nimmt, die Eier übertrieben heftig an der Bootskante aufschlägt, sie verdrossen schält, die Schalen auf die am Boden zappelnden Fische fallen lässt, Salz auf die Eier streut und zu essen beginnt, während seine durchdringend schwarzen Augen starr auf das Wasser gerichtet sind. Mario beschließt, mit seinem eigenen Frühstück zu warten, bis der Vater fertig gegessen hat und zu seiner Bank zurückgekehrt ist.

»Gib mal die Thermosflasche rüber«, sagt der Vater, und Mario reagiert nicht. »Los, gib sie mir schon! Und tu nicht so, als hättest du mich nicht gehört!«, sagt er, und Mario, auf die Schulter seines Bruders gestützt, der gerade eine seiner Angelschnüre einholt, nimmt die Thermosflasche, gibt sie dem Vater aber nicht in die Hand, sondern stellt sie auf die Bank zwischen der des Vaters und der von Javier, sodass sich der Vater etwas strecken muss, um sie zu erreichen.

Die Luft ist schon wärmer geworden und lässt ahnen, was für eine höllische Hitze der Tag noch bringen wird. Als sich der Vater, mit dem Kaffee in der Hand, von der Proviantbox entfernt und auf seinen Platz am Bug zurückkehrt, stützt Mario sich wieder auf Javiers Schulter – der gerade einen kleinen, ungefähr einen halben Meter langen Hai vom Angelhaken gelöst und ins Meer zurückgeworfen hatte – und holt zwei Eier und zwei *Arepas* heraus; er tut es, weil er schnell wieder aus der Reichweite des Vaters herauswill, mit hastigen, fast verstohlenen Bewegungen, wie ein Affe, der etwas klaut. »Scheißkerl«, denkt er, als er merkt, dass er in der Eile das Salz vergessen hat. Er bittet Javier darum, der seine Arbeit unterbricht und ihm das kleine Salzfass zuwirft. Seit Mario kein Kind mehr ist, benennt er den Vater in Gedanken immer mit Schimpfwörtern.

»Alles wegen dir, du alter Sack«, stößt er zwischen den Zähnen hervor.

»Was ist? Was hast du gesagt? Wenn dir was nicht passt, dann sag's! Verstanden?«

»He, ihr beiden! Jetzt aber Schluss! Wir wollen angeln.«

Als Mario begann, die Welt bewusst wahrzunehmen, das Glück, das Sonne und Meer bedeuteten, hatte er sehr am Vater gehangen. Damals waren der Vater und das Meer und die Mangrovenwälder für ihn eins gewesen. Der Vater und die Kanus und die Boote und die Außenbordmotoren. Der Vater und die Fischnetze und die Angelhaken und die Angelruten. Und niemand hätte sich damals vorstellen können, dass mit dem Heranwachsen diese Zuneigung rasch verschwinden und sich in Groll verwandeln würde.

Der Junge erlebte die Welt als Wunder, wenn er mit dem Vater zum Angeln durch die Mangrovenwälder der Lagune fuhr, die von Stille und Lärm, von Dunkelheit und Licht erfüllt waren. Er war damals acht, neun Jahre alt. »Wasser tropfte von den Rudern, in tiefem Schweigen glitten wir zwischen den Mangroven dahin, inmitten des Vogelgeschreis war unser Leben zur Ruhe gekommen«, so hätte es Mario erinnert, wenn er eine Neigung zu schönen Worten gehabt hätte. »Das Licht kam vom Himmel und schlängelte sich schwerfällig die Äste hinab ins Wasser, es war auf der Suche nach dem Ursprung der Mangroven, die aus dem Schlamm emporwuchsen und ihre Äste ins Wasser hängen ließen.«

Der Vater zeigte den Zwillingen mit der Taschenlampe Wasserflecken im Mangrovenwald, in denen es, kurz vor sechs Uhr morgens, noch Nacht war. Dort drinnen glommen Krokodilsaugen auf. »Oben auf den Mangroven leuchteten die Fischreiher, als hätten sie das Licht erfunden. Und unten, im dichten, dunklen Wasser, lauerten die Krokodile. Auf dem Boden des Kanus bewegten sechs aneinandergebundene Krebse, tellergroß und glutrot, ihre Beine und Zangen. Außerdem hatte ich ein paar Seebarsche geangelt.«

Genau in der Zeit, in der der Junge in den vollen Besitz seines Verstandes kam, begann seine Mutter ihren zu verlieren. Marios Kummer um Noras Krankheit und ihre Krankheit selbst waren unendlich, beide waren erfüllt von Lärm und Wut und für ihn so stumm und schwer zu fassen wie der Zauber des Mangrovenwaldes. Wörter waren nie Marios Stärke; schon als Kind war er eher schweigsam, einsilbig, wortkarg. Er hatte sich auch nie fürs Lesen oder Lernen interessiert. Seine Welt waren das Fischen, das Boot und die Liebe zur Mutter.

Wenn er vom Meer oder aus dem Mangrovensumpf zurückkam, dann tauchte der Junge ein in das Reich seiner Mutter, kam so von einem Extrem ins andere, in eine völlig entrückte Welt: die Schar, die am Anfang nur zu Besuch kam, dann aber ganz blieb und deren Gesänge er manchmal hören konnte; die Leute, die sich in den beiden Schlafzimmern, im Wohnzimmer und in der Küche, auf dem Dach und im Bad tummelten und die er manchmal sehen konnte; und vor allem die Dinge, die sie sagte – »sobald das Kind geboren ist, gehe ich« –, die ihn verstörten und erschreckten, sodass Javier ihn beruhigen musste:

er solle nicht alles ernst nehmen, was sie sagte, es gebe weder ein Kind noch sonst etwas und auch keinen Ort, an den sie gehen könnte. »Hör einfach nicht hin, wenn sie so was sagt, Mensch, sie ist eben verdreht.« Javier war acht, neun Jahre alt und redete wie ein Zwölfjähriger.

Mario kam also zum Haus seiner Mutter und trat in ein Universum der Überfülle, der Maßlosigkeit und Angst, in dem die unverständlichen Sätze beeindruckender waren als die verständlichen, in dem aber die einen wie die anderen den Jungen überfluteten wie einen Schiffbrüchigen.

»Belladonna-Blüte, die mir ins Antlitz wächst«, sagte sie.

»Wie bitte?«

»Die Nacht bringt Glück, sie gehört der Krähe, die Aprikose ist mein. Stimmt's, Mario?«

»Ist das ein Lied?«

Seine Mutter war auf der Universität gewesen, verwendete merkwürdige Wörter und gab Javier Bücher zu lesen oder las sie ihm vor. Seit Mario sich erinnern konnte, war seine Mutter von Büchern umgeben; sie standen, nach Größe geordnet, in Regalen und lagen nicht wie bei seinem Bruder in ungeordneten Stapeln auf dem Boden. Jahre später fing sie an, eines nach dem andern im Hof zu verbrennen, tagelang, monatelang, während sie leise vor sich hin kicherte, wie die Hexe in einem Film – bis alle Regale in ihrem Haus leer waren.

»Vogel, schwarzer Vogel, der an meiner Tür betet.«

»Wie bitte?«

Die Mutter sah ihn an und redete weiter, mit Wörtern, die voller Farbe und voll von schrecklicher Logik waren und von denen er, wie von zu viel Licht, geblendet wurde. Das Kind stand hilflos da, wich zur Tür zurück und sagte: »Ich bin gleich wieder da, Mamá, ich bleib nicht lange.« Er ging dann zum Strand, und nach einer Weile stießen Javier und die Kinder des Hausmeisters zu ihm, und alle stürzten sich ins Wasser und spielten mit den Holzrollen, auf denen die Fischer ihre Boote ins Meer oder ans Land zogen. Sie waren der Motor, und die Hölzer waren die Boote.

Nachdem Mario gegessen hatte, goss auch er sich Kaffee ein und reichte die Thermosflasche an seinen Bruder weiter, der beim Essen auf einen undefinierbaren Punkt am Horizont schaute. Der Vater fing wieder an, Köder an die Angelhaken zu stecken, und die Brüder taten es ihm gleich, und wieder zogen sie große *Sierras* aus dem Wasser, und Stachelmakrelen und vier bis fünf Pfund schwere Schnapper, und die Beute auf dem Boden des Bootes wuchs und wuchs.

Das Gewitter war immer noch sehr weit weg und hatte sich nicht ausgedehnt, war aber stärker geworden. Die Blitze warteten einander nicht ab, sondern überlagerten sich, sodass ein ständiges Donnergrollen zu hören war, als würde jemand in der Ferne Steine abladen. Mario fing eine sehr große *Sierra*, die metallisch in der Luft blinkte, nachdem sie sich eine ganze Weile gewehrt und es ausgesehen hatte, als würde die Wasseroberfläche von der Angelschnur aufgeschlitzt. Ob er wollte oder nicht, der Vater musste das Tier bewundern, auch wenn er nichts sagte und vor allem nicht zu Mario hinüberschaute. Inzwischen hatten sie schon mehr als 150 Kilo gefangen, waren aber noch nicht dazu gekommen, mit dem Ausnehmen und Putzen der Fische zu beginnen und sie in der Kühlbox unterzubringen. Die ganze Zeit über hatten sie kaum einen Köder verloren. Das Meer war nach wie vor ruhig. Beim Vater biss eine weitere *Sierra* an, er kämpfte mit ihr und holte sie schließlich ein: Sie war größer als Marios. Ein paar Sekunden lang wehte eine Windbö heran, wie die Druckwelle einer fernen Explosion, dann war die Luft wieder ruhig.

Die beiden *Sierras* öffneten und schlossen das Maul, die Augen zum wolkenlosen Himmel gerichtet, und zuckten noch ein wenig auf all den anderen Fischen am Boden des Boots.

10 Uhr

Nora war von der Party völlig erschöpft. Catalina, ihre Erzfeindin, und Carlotas Clique waren widerlich gewesen und hatten Dinge gemacht, die keine erotischen Spiele mehr waren, sondern ausgemachte Schweinereien. Diese Drecksweiber! Sie hatten lange über sie gelästert, auf Bulgarisch, und waren dabei immer wieder in ordinäre bulgarische Lachsalven ausgebrochen. Auf der rechten Seite hatten sich ihre Verfolger geschart, die sie beschimpften, auf der linken ihre Beschützer, die sie beruhigten. Am einen Ohr Schalmeien, am anderen Schmähungen. Zum Schluss waren Armando und sein Chor gekommen, und sie hatte es mit allen getrieben.

»Verflucht der Tag, an dem ich sein Leben nicht zu fassen kriegte«, sagte Nora, die sich auf die Veranda gesetzt hatte, um nachzudenken. »Lustvolles Leben neben mir, und ich muss allein wieder anfangen, ohne dich.«

Die Sonne brannte jetzt sehr stark. Ein paar Albatrosse stürzten sich ins Meer und schnappten sich im gleichen Augenblick und aus demselben Wasser wie ihre Söhne und ihr Mann Fische, die wie Steine aussahen. Nora schaukelte in ihrem Stuhl, der kein Schaukelstuhl war, und wickelte sich eine Haarsträhne so fest um einen Finger, dass ihr Kopf schmerzte und ihr fast die Tränen kamen. Dann streichelte sie sich mit ihren Fingerkuppen das Gesicht. Ein schwarzer Hund lief an ihr vorbei wie eine Kakerlake über die Zimmerdecke.

»Boot, Boot«, sagte der Hund.

»Einen Kerker gab er dir als Ruhekissen«, sang auf einmal die Schar aus der Richtung der Kokospalmen, sodass sie aufschreckte. Fern von ihrem Leben. Fern von ihrem Zuhause. Das perfekte Bild war zerbrochen. Ausgelassenes, unbeschwertes Leben, das sie als Kind gehabt hatte. Warum nur, wenn sie bis dahin die Träume einer Mandarine geträumt hatte, wurde ihr Geist krank, zerriss ihre Seele, verlor sie das Leben in seinen Händen?

Das Echo der Stimmen drang bis zum Mangrovenwald und dann zur Straße und weiter zu den Haciendas, wo die Zeburinder in der Morgenfrische weideten. Später würden die Tiere vor der sengenden Sonne unter die Bäume fliehen.

»Genau«, sagte Nora. »Verdammter Kerl! Das Wasser soll dich schlucken!«

Am Horizont bildete sich über dem Sand eine Luftspiegelung, die zu einer Erscheinung wurde, dann zu einer Gestalt und schließlich zu einer rundlichen Frau, die auf dem Kopf eine Schüssel mit kandierten Früchten balancierte.

»Zum Rhythmus der Trommeln nähert sich wiegenden Schrittes die afrikanische Nation«, sang die Schar.

»Hallooo, Doña Nora. Da bin ich und bringe Ihnen Ihre Papaya-Pferdchen, Ihre Kokos-Pferdchen, Ihre Tamarinden-Bonbons.«

»Tamarinden-Bonbons!«, sang der Chor von den Kokospalmen her.

Nora holte aus der Kochnische des Bungalows einen Suppenteller, den die Frau mit Süßigkeiten füllte; die Zwillinge würden später bezahlen. Sie steckte sich ein ganzes Papaya-Pferdchen in den Mund, es war noch lauwarm, und der Geschmack des knusprigen Zuckers stieg ihr bis in die Ohren. Sie schloss die Augen und wartete darauf, dass der köstliche Sonnengeschmack der gezuckerten Papaya sie ganz und gar erfüllte.

Ob die Schar ahnte oder nicht, was sich in diesem Moment bei ihr abspielte, war unwichtig, aber etwas mussten die Leute mitbekommen haben, denn alle sangen plötzlich im Chor:

»Fische, einer nach dem anderen: eins, zwei, drei, sag *treinta y tres*!«

»Bis bald, Doña Nora.«

»Wind«, sagte Nora ergeben.

Die Kakerlake lief über den Sand und die spärlichen Rasenflecken vor dem Haus. Nora war bestürzt, dann traurig und sagte:

»Sturmfluten, die aus dem Meer in mein Leben kommen.«

Sie wusste, dass sehr weit oben, wo sie sie nicht sehen konnte, drei schwarze Möwen flogen, mit roten Schnäbeln und roten Beinen, Vögel, die man nie tief fliegen sieht und die sehr schön sind, obwohl sie irgendwie an Aasgeier erinnern. Gabelschwanz-Königstyrannen. War der König gestorben? Entsetzlich, entsetzlich. War Doña Libe heute schon da gewesen? War der Morgen des Tages, an dem Unberechenbares geschehen sollte, schon vorbei? Wie bei jedermann lief auch Noras Zeit immer nur in eine Richtung, auf den Ursprung zu, aber sie wurde von starken Seitenwinden gekreuzt, die ihr die Orientierung nahmen.

Sie aß den ganzen Teller mit den Papaya- und Kokossüßigkeiten und hatte danach das Verlangen nach etwas Salzigem. Zum Frühstück hatte sie Eier und Maisknödel gegessen; jetzt wollte sie Brot mit *Costeño*-Käse und eine kalte Limonade. Nora aß zu viel und war dick geworden. Von der hübschen Figur, die sie vor ihrer Krankheit hatte, war nichts geblieben. »Schöne Beine hatte ich, und alle wollten mich vernaschen«, sagt sie manchmal aus heiterem Himmel, ohne Zusammenhang, und wer sie hört, ist verblüfft. Ihre Zähne sind von den Medikamenten schlecht geworden, und jetzt fehlen ihr mehrere Schneidezähne. Sie kämmt sich fast nie, duscht allerdings gern und verbringt einen Großteil des Tages im Morgenrock oder Unterkleid.

Im Unterkleid ging Nora in die Hotelküche, bat die Köchin um Brot und *Costeño*-Käse und setzte sich auf einen Stuhl, um zu essen. Von dort aus war das Meer nicht zu sehen, aber man hörte es. Am Morgen klang die Brandung im Golf gemütlich, im Laufe des Tages wurde sie stärker. Der *Costeño*-Käse war sehr salzig und musste in kleinen Stücken und mit viel Brot gegessen werden. Das Brot war fast süß; die Limonade, kalt und schaumig, prickelte auf der Zunge und im Gaumen. Auf einmal begann der Chor so laut zu singen, dass Nora nicht mehr hören konnte, was die Köchin sagte, und noch viel weniger, was hundert Meter weiter das Meer murmelte.

»Verdunkelte Sonne. Rache. Windstoß, Stein und Gemäuer.«

»Ja«, erwiderte Nora hitzig, ohne dass die Köchin ihren Wortschwall auch nur für eine Sekunde unterbrach. »Löschung und Entsetzen.«

Die Köchin beendete ihre Geschichte, was für eine auch immer, lächelte und entschwebte, dick wie ein Ballon, um auf der Steinplatte neben dem Herd ans Werk zu gehen. Das Hähnchen flog zerstückelt in den Topf. Die Kochbanane verlor durch zwei Messerschläge ihre Enden, wurde gehäutet, durch drei rasche Schnitte geviertteilt und ebenfalls in den Abgrund befördert. Eine kleine Wolke Kreuzkümmel entlud sich im Dampf. Dann schwebte eine größere Wolke Anatto heran, als würde ein roter Teufel seine Flügel über dem *Sancocho* ausbreiten. Zehn Scheiben Seebarsch warteten, schön angeordnet, auf einem Brett. Die Maniokstücke waren weiß wie Engelnacken. Entsetzlich! Die Tropen, die Tropen, dachte Nora.

Wind.

11 Uhr

Javier holte Pfeife und Marihuana wieder hervor. Er behielt den inhalierten Rauch eine Weile in der Lunge und stieß ihn geräuschlos wieder aus, wobei er darauf achtete, dass er nicht zu seinem Vater wehte. Die Ruhe, die von manchen Dingen ausging, war etwas, das der Alte in seinem ganzen Leben nie genossen hatte und auch nicht verstand. Es ist ja in Ordnung, wenn man nur Geld und Geschäfte im Kopf hat, die Habgier treibt die Welt an, dachte Javier, aber man kann's auch übertreiben.

Die Sonne brannte mit ganzer Kraft aus dem wolkenlosen Himmel auf das Boot.

Javier nahm drei Mandarinen aus seinem Beutel und warf eine Mario und eine dem Vater zu. Sie fingen sie auf, ohne sich zu bedanken, schälten sie, und dann legte sich eine Wolke Mandarinenduft über das Boot, und die drei Männer genossen den intensiven Mandarinengeschmack, am meisten Javier, weil er geraucht hatte. Die Zeit verging. Sie redeten wenig. Javier hatte keine Ordnung in seinem Kopf, mal hing er einem Gedanken nach, mal bewunderte er gedankenlos die Reinheit des Meeres und des Himmels und fand das Gewitter toll, das im Norden schon die Küste erreicht hatte und ihre Konturen verwischte. Er dachte an Mario. Er dachte an seinen Vater, der ohne Kopfbedeckung in dieser Sonne saß, die von Minute zu Minute stärker brannte.

Er holte den Sonnenbrillenaufsatz aus dem Beutel und klickte ihn auf das Brillengestell – die Sonne hatte ihn trotz seiner Schirmmütze so stark geblendet, dass er die Augen hatte zusammenkneifen müssen. An der ersten Angel blieb eine kleinere Stachelmakrele hängen, die er nach kurzem, intensivem Kampf an Bord holte. Die Fische bissen weiter an. Als ihm die Köder ausgingen, schmiss Javier dem Vater, der vor der Kühlbox mit den Sardinen und Garnelen saß, seine Kalebasse vor die Füße.

»Köderchen, wenn ich bitten darf!«, sagte er.

Auf den kaum vier Quadratmetern des Bootes wurde es eng.

»Du willst dich wohl mit mir anlegen!«, sagte der Vater.

Die Kalebasse war mit voller Wucht in dem Durcheinander aus Wasser und Fischen auf dem Boden des Bootes gelandet und hatte den Vater nass gespritzt und ihn gedemütigt. Javier war außerdem klar, dass seine Bitte um die Köder eher wie ein Befehl geklungen hatte, vor allem wegen des Diminutivs, und dass schon die Andeutung einer Beleidigung reichte, um den Vater zu reizen.

»Anlegen?«, sagte er, wohl wissend, dass der Vater wusste, dass er, Javier, ihn genau verstanden hatte und dass er nur so dumm tat, um ihn wütend zu machen.

Geschickt wich er der zurückgeschleuderten Kalebasse aus, die ihm die Brille von der Nase gerissen und ihn womöglich im Gesicht verletzt hätte. Die Kalebasse fiel etwa fünf Meter vom Boot entfernt ins Meer, und Mario sprang ohne ein Wort ins Wasser und brachte sie in zwei Schwimmzügen zurück. Er schwang sich wieder ins Boot, ergriff seine eigene Kalebasse voller Köder und gab sie Javier, um dann wassertriefend zur Kühlbox zu gehen und die aus dem Meer geholte Kalebasse mit Ködern neu zu füllen. Dabei vermied er peinlichst, den Vater anzusehen oder ihn im Vorbeibalancieren zu streifen.

Gegen Mittag wurden die Fische weniger. Wenn wir jetzt

aufhören, können wir mehr als zufrieden sein, dachte Javier, doch er wusste, weder Mario noch der Vater würden darauf eingehen. Er schätzte ihren Fang auf zweihundert Kilo. Die meisten Fische schnappten noch nach Luft, einige zappelten; aber das Angeln würde weitergehen, bis überhaupt kein Fisch mehr anbiss – und dann würden sie noch die Nacht abwarten mit ihren großen Fischen aus der Tiefe, Zackenbarsche und *Sábalos*. Wenn das Meer später stürmisch würde, müssten sie den Überschuss über Bord werfen.

Nach dem Zwischenfall mit den Ködern war die Atmosphäre zum Reißen gespannt, und das Boot war schwerer geworden. Javier begann mit einer Kalebasse das Wasser vom Bootsboden zu schöpfen, das sich auf dem dichten Vlies aus zuckenden oder erstickten Fischen angesammelt hatte. Er tat dies wie im Schlaf, mit den gleichmäßigen, sicheren Bewegungen eines Menschen, der von Kindesbeinen an im Bootausschöpfen geübt ist. Der Vater, Mario, Javier, die Fische, das Boot und das Meer selbst waren ein Füllhorn am Rande des Abgrunds. Es wehte eine sanfte Brise. Das ruhige Blau, dachte Javier, kann sich jeden Moment, im Bruchteil einer Sekunde, in Chaos und Tod verwandeln.

Er beendete das Ausschöpfen, richtete sich auf und urinierte ins Meer. »Wenn ich mich jetzt umdrehe und dem alten Sack ins Gesicht pinkele …«, dachte er. Aber er tat es nicht, mehr aus gewohntem Respekt denn aus Angst. Am Horizont waren weder Segel noch Wolken zu sehen. Javier setzte sich wieder. Er bediente drei Angelruten, und bislang waren ihm nur wenige Ruhepausen vergönnt gewesen. Als Köder verwendete er lieber Garnelen als Sardinen, aber der Vater erlaubte es nicht, dass er sich nur eine Sorte aus der Kühlbox herauspickte.

Von zehn vor zwölf bis zwölf Uhr mittags geschah nichts. Javier hatte eine große Armbanduhr – wie Taucher sie benutzen –, die an seinem muskulösen, stark behaarten Arm funkelte. In dieser kurzen Zeit fing keiner der drei etwas. Aber es war auch gar nicht nötig, dass etwas geschah, um das Dasein zu erleben und, mehr noch, es zu bewundern, jedenfalls ging es Javier so, dem das Marihuana die Welt im Kleinen und in Zeitlupe auftat.

Von seinem Platz aus fiel sein Blick direkt auf die behaarten Arme des Vaters, den seinen so ähnlich. Er sah die hervortretenden Adern, wie aus Holz geschnitzt, und stellte sich vor, wie das Herz arbeiten musste, um das Blut durch ihr mächtiges Astwerk zu pumpen. »Sein Herz muss groß wie eine grüne Kokosnuss sein, und wie seine Eier«, dachte Javier unsinnigerweise. Dann sah er den Keil der Albatrosse in Richtung der Küste fliegen, folgte ihm mit den Augen und landete beim Gewitter. Der graue Fleck war jedes Mal etwas größer, jedes Mal etwas mineralischer, und die Blitze brachten ihn von innen heraus zum Leuchten, als wäre dort eine Hexenküche, aber nicht von menschlicher Bosheit betrieben, sondern von etwas viel Größerem, Unpersönlichem. Javier konnte, hinter den dunklen Gläsern versteckt, unbemerkt seinen Bruder beobachten, der sich, scheinbar selbstvergessen, auf seine vielen Angelschnüre konzentrierte – einige an Ruten, andere an Holzrollen –, die er auswarf und dann sorgsam am Bootsrand festklemmte. Außerdem hielt er noch eine Angelschnur zwischen den Lippen. Mario hatte in einem Eimer mit Wasser ein paar Fische abgesondert, die er als Lebendköder verwenden wollte. Sie bewegten schwach ihre Flossen und Kiemen und warteten darauf, am Abend auf einen Angelhaken gespießt zu werden, um die Zackenbarsche und Stöcker, die sie fressen wollten, in den Tod zu locken. Auf einmal kam Javier der Gedanke, sein Vater sei tot. Der Tod ist das einzig Wahre, dachte er, noch etwas benommen von den letzten Bildern, die das Marihuana bei ihm ausgelöst hatte.

Er war nicht durstig, aber um sich von seinen dunklen Gedanken abzulenken, bat er seinen Bruder um die Wasserflasche. Sein Adamsapfel, direkt unter dem dichten, gepflegten Bart, hob und senkte sich viele Male vor den Augen des Vaters, der erraten zu haben schien – dachte Javier –, was ihm gerade durch den Kopf gegangen war.

Zwölf Uhr Mittag. Eine ganze Weile spürte er den Blick des Vaters im Nacken; er wandte den Kopf, als er wusste, dass er nicht mehr herschaute, und sah, wie er sich auf eine seiner Ruten stürzte und dabei fast ins Wasser fiel, wegen des eigenen Schwungs und wegen der Kraft, mit der der Fisch an der Angel zog. Nach einem Kampf, der so mühsam war, als fischte der Vater ein Motorrad aus dem Wasser, stand die Größe des Fischs – Javier schätzte ihn auf knapp sechs Kilo – in keinem Verhältnis zu dem heftigen Widerstand, den das Tier geleistet hatte. »So sind die Stöcker«, dachte er. Mit einer gewissen Neugier schaute er auf seinen Vater, der angespannt aussah, verkrampft, triumphierend. »Der alte Mistkerl und das Meer«, dachte Javier und kramte in seinem Beutel nach der Marihuanapfeife.

12 Uhr Mittag

Ich bin der Tourist, der sich, als die Mittagssonne nicht mehr auszuhalten war, in den Schatten des Zelts zurückzog und mal in ein Buch, mal aufs Meer schaute. Ich saß auf einem mit Segeltuch bespannten Klappstuhl unter dem Vordach des Zelts, einer breiten grünen Nylonplane, die vorn von zwei federleichten, aber knochenstarken Aluminiumstangen getragen wurde. Meine Frau und mein Sohn schliefen hinter mir im Zelt, sie im Bikini, er nackt. Mein Sohn war zwei Jahre alt, ein sehr schönes, großes, gesundes Kind. Das Zelt war prima, leicht aufzuschlagen und leicht zu tragen, ein Geschenk der Schwester meiner Frau, die in Miami lebt und immer die teuersten und modernsten Sachen kauft. »Es ist luxuriöser als viele Hotels, die ich kenne«, hatte ich gesagt, meine Art, mich zu bedanken. Ich würde sogar sagen, dass es das beste Zelt auf der ganzen Insel war, das leichteste und wasserdichteste, das grünste und wahrscheinlich das prächtigste, das der ganze Golf von Morrosquillo je gesehen hat. Ich war dreißig Jahre alt und meine Frau ebenfalls. Unser Verlangen nacheinander war stark und gab manchmal tagelang keine Ruhe. Wie schön das Meer zur Mittagszeit ist! Der Vater und seine Söhne waren vor ein paar Stunden hier am Strand vorbeigefahren, als wir schliefen. Die Leute auf der Insel kannten sie natürlich und hatten den Kopf geschüttelt: Wie konnte man nur so leichtsinnig sein und auslaufen, wenn so ein Unwetter droht!

Ich hatte die Jungen vor einem Jahr in Bogotá kennengelernt, in der Bar eines gemeinsamen Bekannten. Sie waren zu Besuch bei ihrer Großmutter – der Mutter des Vaters –, die im Stadtteil Teusaquillo wohnte. In der Bar erzählten die Brüder vom Leben am Meer. Über ihre Mutter sagten sie nicht viel, außer dass sie krank war, und über den Vater sagten sie auch nicht viel, nicht viel Schlechtes. Sie schwärmten vom Meer und von den Mangrovenwäldern und sagten, das Hotel sei genau das Richtige für mich, »wo du doch so gern das Wasser malst«. Ich hatte gerade mein erstes Werk herausgebracht, ein Buch mit Bildern und kurzen Gedichten vom Meer, vom Regen und von den Flüssen, das ich aus eigener Tasche, genauer gesagt, aus meiner Tasche, der meiner Frau und der einiger Freunde, finanziert hatte und das ich Stück für Stück eigenhändig verteilte – die, wie ich bis heute glaube, einzig angemessene Art, Dichtung unter die Leute zu bringen. Ich schenkte jedem der beiden ein Exemplar, natürlich mit einer persönlichen Widmung, brüderlichen Umarmung und Autogramm.

Sie waren mir sympathisch, jeder auf seine Weise. Mario sah gut aus; er erinnerte mich ein bisschen an die jungen Männer, die von den Künstlern der Renaissance gemalt worden waren. Seine Haut war eine Spur zu golden und ein wenig fleckig, und seine blonden Locken waren von der Sonne gebleicht und gelb wie Stroh. In seinen hellen Augen lag die ganze Zeit ein unruhiges Flackern, Ausdruck von Schrecken oder von Angst, als sei in seiner Kindheit ein sehr wichtiger Teil seiner Seele kleingemacht und erdrückt worden. Die Zwillinge sahen einander überhaupt nicht ähnlich. Javier hatte ein markantes Gesicht, wie der Vater, und so, wie in Marios Blick ein Splitter des Schreckens flackerte, gab es bei Javier einen Zug, der nicht gerade Grausamkeit und Erbarmungslosigkeit ausdrückte, wohl aber Kühnheit, Härte und die Bereitschaft, bis zum Äußersten zu gehen. Wenn er zu trinken begann, strahlte er eine beunruhigende Fröhlichkeit aus, die leicht umschlagen konnte, eine Art Warnlicht für den Fall, dass die Umstände sich änderten. So wie an jenem Abend in der Bar des Freundes. Es war schon sehr spät, und ich war betrunken auf dem Stuhl eingeschlafen, als sich Javier in einen Streit auf der Straße vor der Bar einmischte, bei dem Mario ihm dann zu Hilfe kam. Ich hörte später, wie die Geschichte ausgegangen war: Die beiden hatten es zu zweit geschafft, dass ihre Gegner – irgendeine Jugendbande oder Straßenräuber, auf jeden Fall waren es viele – ihre Messer fallen ließen und flohen.

Vor unserer Reise an die Küste war ich in einem dieser großartigen Läden in Bogotá, in denen man *libros leídos*, gelesene Bücher, kaufen kann, und hatte in Javiers Auftrag für 500 000 Pesos Bücher gekauft. Javier hatte mir eine Liste der Titel gegeben, die er schon besaß, und mir freie Hand bei der Auswahl der Neuerwerbungen gelassen. Ich kaufte viele, aber nicht so viele, wie ich gewollt hätte. Wenn es darum geht, Bücher zu kaufen, selbst antiquarische, reicht das Geld nie. Am Ende passten alle in zwei kleine Kartons, die ich leicht tragen konnte und die Javier am Flughafen von Montería in Empfang nahm, als er uns im Jeep des Vaters abholte.

Später, im Hotel, hatte ich kaum Gelegenheit, mit den Zwillingen zu reden – sie waren zu beschäftigt. Mit Javier konnte ich gerade mal am Tag unserer Ankunft ein paar Gläschen Schnaps trinken und ein bisschen über Literatur plaudern. Danach sah ich ihn nur selten, denn er musste die Gäste mit dem Boot durch die Lagune rudern oder sie auf Wasserskiern über das Meer ziehen. Meine Frau, das Kind und ich blieben nur drei Tage in Playamar. Es war uns zu voll dort und zu laut, dauernd die Musik von Rodolfo Aicardi und Los Graduados, die vielen Leute, die mit der Schnapsflasche in der Hand am Strand entlanggingen – deshalb beschlossen wir, uns auf eine der Inseln im Golf zu verziehen.

Die Frau, bei der wir immer aßen, riet meiner Frau, in dieser Nacht lieber in ihrem Haus zu schlafen, denn mit der Flut könnte das Wasser den Strand hochkommen und uns alle mitsamt dem Zelt ins Meer schwemmen. Bei ihr gab es einen Raum mit drei Hängematten, und so schliefen wir in dieser Nacht in den Hängematten. Unser kleiner Sohn freundete sich mit den Kindern der Frau an, und ich war froh, dass er Spielkameraden gefunden hatte.

Ich malte mehrere Aquarelle von dem Sturm, der zwar weit entfernt war, aber, wie alle sagten, jederzeit über uns herfallen konnte: das Türkis verschleiert vom Grau, von den vielen Grautönen, die auf meinen Bildern manchmal bis ins Dunkelblau hineinreichten. Wenn ich nicht las, malte ich; und wenn ich nicht malte, las ich. Ich hatte mir ein paar sehr komische Romane von Jorge Ibargüengoitia mitgenommen – der Schriftsteller mit dem längsten und kompliziertesten Namen, dem ich je begegnet bin. Während des Malens oder Lesens ließ ich aber auch meine Frau nicht aus den Augen, wie sie ihren Bikini aus- und eine dieser weißen Baumwollblusen anzog, durch die sich die Brustwarzen abzeichneten. Obwohl sie schon ein Kind hatte, brauchte sie noch keinen Büstenhalter.

»Du siehst aus wie eine braune Koralle«, sagte ich, und sie lachte.

»Mit solchen Metaphern wird nie ein Dichter aus dir. Braune Koralle!«, rief sie aus, verwundert über den unschönen Vergleich.

Ja, das war ziemlich geschmacklos von ihm, mich eine braune Koralle zu nennen. Ich war und bin seine Frau und die Mutter des Jungen, der jetzt bald mit der Schule fertig ist, hier in New York, wo wir seit vielen Jahren leben. Mein Mann hat ein Problem, denn er glaubt, dass ich ihn nicht haben will, dabei hat er keine Ahnung, wie sehr ich ihn liebe und wie ich an ihm hänge. Aber manchmal hat er einfach zu viel Dampf drauf, und dann wird er etwas lästig. Nun gut. Die beiden Jungen und sogar der Vater sind mir sympathisch gewesen: der Vater, weil er gut aussah und hübschen Frauen wie mir jeden Gefallen tat, und die Jungen, weil sie wie Kinder waren und so hilflos.

Damals in Playamar habe ich die Mutter einmal in ihrem Bungalow besucht und mich eine Weile mit ihr auf der Veranda unterhalten. Obwohl sie ein aufgedunsenes Gesicht hatte, konnte man sehen, dass sie einmal sehr schön gewesen sein muss. Alles, was sie sagte, war ein bisschen seltsam. »Ach, meine Liebe«, sagte sie. »Das hier könnte ein Paradies sein, wenn nur Carlota und ihre Schlampen nicht einen Sündenpfuhl daraus gemacht hätten!« Ich fragte, wer Carlota sei, und sie winkte mich zu sich heran, um es mir ins Ohr zu flüstern, während sie argwöhnisch zur Decke hochschaute, als sei Carlota auf dem Dach und könne sie hören. »Das ist die Obersau in diesem Schweinestall«, sagte sie dann ganz laut in mein Ohr und zeigte auf die Fenster ihres Bungalows, Cabaña Nummer 2, als seien dahinter alle Schlampen von Carlotas Clique versammelt.

Am Golf wurde alles »Cabaña« genannt, ein kleiner Verschlag ebenso wie der Palast eines Mafioso mit silbernen Wasserhähnen, solange die Cabaña nur am Meer lag und ein paar hölzerne Teile hatte. Es gab Bruchbuden, in die ganze Familien aus den ärmeren Stadtteilen Medellíns gestopft wurden. Nachts schmorten sie in der Hitze, denn die Ventilatoren funktionierten oft nicht. Sie haben nicht viel Geld, und so machen sie eben alles mit, Hauptsache, sie sind am Meer. David und ich haben uns einmal aus Neugier so eine Arme-Leute-Sommerfrische angeschaut. Die Anlage bestand aus einer Zeile von zehn aneinandergereihten Räumen unter einem gemeinsamen Dach, eine weitere Zeile von zehn Räumen gegenüberlag, auch alle unter einem Dach. Jeder Raum hatte eine winzige Kochnische und ein so enges Bad, dass der Wasserstrahl aus der Dusche fast in die Kloschüssel fiel. Zwischen den beiden Zeilen war ein Hof mit einem Waschtrog, an dem die Urlauber ihre Unterwäsche wuschen und zum Trocknen aufhängten. Alle Abteile waren belegt, es herrschte ein Geschrei wie in einer Mietskaserne. Die Leute waren aber offenbar zufrieden. Aus mindestens zwei Radios schallte laute Musik. Von den kleinen Kindern waren einige vom Bauchnabel abwärts nackt, andere vom Bauchnabel aufwärts. Außerdem gab es in dem Hof einen wunderschönen grünen Papagei, mit einem großen gelben Kopf. Er konnte die Melodie von *Los Guaduales* pfeifen, und David sagte, das sei das erste Mal, dass er das Lied gern hörte. Manchmal sagt er wirklich witzige Sachen.

Die Mutter der Jungen lud mich eines Nachmittags ein, mit ihr am Strand spazieren zu gehen. Sie hieß Norma und war ziemlich dick, wahrscheinlich wegen der Psychopharmaka, die sie bekam und die den Appetit anregten. Nein, nicht Norma, sondern Nora, Nora hieß sie. Der Morgenrock, den sie anhatte, stand vorn etwas ab, wie bei einer Schwangeren. Bevor wir aufbrachen, kämmte ich sie mit meiner Haarbürste, damit sie nicht ganz so struppig aussah, und trug ihr ein wenig Rouge auf. Sie lächelte mich an, und da sah ich, dass ihr mehrere Zähne fehlten.

Sie erzählte mir, wie sehr die Jungen sie liebten, alle beide, und dass sie jede Woche nach Ägypten und Indien führen, um Geschenke für sie zu kaufen. »Letzte Woche hat Mario mir einen wundervollen, wirklich wundervollen Sari aus Bombay mitgebracht«, sagte sie, und ihre Augen glänzten vor Liebe zu ihrem Sohn. Ich versuchte, sie mir vorzustellen, eine zahnlose, aufgequollene kleine Frau, in einen orangen Sari gehüllt. Dann sagte sie mir, sie sei eine persische Königin. Ich hatte kaum Zeit, beim Gehen auf die Muscheln am Strand zu achten oder auf die vorüberfliegenden Reiher, so sehr war ich gefangen von den Geschichten aus dem Morgenland, das sie in allen Einzelheiten schilderte, denn sie hatte Vertrauen zu mir gefasst. Wir kamen zu einem Mangrovensumpf, der La Caimanera genannt wird, und kehrten um. Auf dem Rückweg erlebten wir einen wunderschönen Sonnenuntergang und blieben stehen, um zuzuschauen, wie die Sonne glutrot im Meer versank. Nora war jetzt still, und ich sah, dass sie glücklich war. Ich umarmte sie, und wir weinten beide.

13 Uhr

Die stechende Sonne machte dem Vater zu schaffen. Er trug nie eine Schirmmütze, denn Mützen störten ihn, und weil er dickes, lockiges, für sein Alter noch sehr fülliges Haar hatte, dachte er, die Sonne könne ihm nichts anhaben. Vom vielen *Aguardiente* am Vorabend hatte er einen Kater und wollte ein Bier. Mario sagte, er habe nur Wasser und Coca-Cola mitgenommen. Als ihn der Vater daraufhin einen Schwachkopf nannte, gab Mario ihm ein Schimpfwort zurück, und wäre der Vater wegen seines Katers nicht zu schwach gewesen, hätte er ihm eine Ohrfeige gegeben, und es wäre zu einer Schlägerei gekommen.

Der Vater befahl, eine der Inseln anzulaufen, um Bier zu besorgen. Er wusste, dass seine Söhne dagegen waren, weil sie dann das Angeln unterbrechen mussten, und spürte die Spannung in der Luft, spürte, dass sie ihn verabscheuten. »Wo der Kapitän befiehlt, hat der Matrose nichts zu melden. Das wäre ja noch schöner, nach der Pfeife der Kinder zu tanzen! Nur auf die harte Tour werden sie es lernen. Mir egal, wenn sie mich dafür hassen«, dachte er. »Sie können sich ja wehren, wenn sie Mumm haben.«

Mario ließ den Evinrude an und nahm Kurs auf die Insel. »Ich kann mich doch nicht um alles kümmern!«, dachte der Vater. »Bei dieser Hitze schmeckt die Cola nur nach Hustensaft. Der gesunde Menschenverstand sagt einem doch, dass man auch Bier mitnehmen muss. Man muss aus den eigenen Fehlern lernen.« Wenn sich beim Vater die schlechte Laune zu legen beginnt, dann hört er auf, in Schimpfwörtern zu denken, und es fallen ihm sogar gehobene Ausdrücke ein wie »aus den eigenen Fehlern lernen« oder »gesunder Menschenverstand«, Ausdrücke, die er auch benutzt, wenn er sich mit den Hotelgästen unterhält. Es gab eine Zeit, in der er mit seinen Söhnen noch in versöhnlichem Ton gesprochen hatte – ›Das kann man sich doch an fünf Fingern abzählen, dass man auf einer Fahrt wie dieser ein paar Bier braucht, stimmt's, oder habe ich recht, Mario?‹, hätte er in diesem Fall gesagt –, aber er wusste, so durfte er jetzt nicht reden, weil er seine Söhne damit reizen würde; sie würden denken, er wolle sich nur anbiedern, damit sie ihm verziehen, und würden wütend werden, was wiederum ihn dazu herausfordern würde, mit einem bösen Wort oder mit körperlicher Gewalt zu reagieren.

»Als ich damals im Suzuki mit meinen Kochtöpfen die Dörfer abklapperte, war ich jünger als diese beiden Helden, und wenn ich Mist gebaut hatte, dann musste ich es selbst ausbaden. Niemand musste mir sagen, wo's langging … Da, die Hornhechte!« Der Vater unterbrach seine selbstverliebten Betrachtungen, als er die spitzköpfigen grünen Fische am hellblauen Bootsrumpf entlanggleiten sah. Dann ließ er seine Gedanken wieder zurückschweifen in die Dörfer an der Küste, die klangvolle Namen hatten – San Onofre, Santiago de Tolú, San Bernardo del Viento – und durch die er mit zwanzig Jahren als fahrender Händler gegondelt war. Dort hatte er manch einem Mädchen und auch manch einer nicht mehr so jungen Frau das Herz gebrochen. Der Vater war stolz auf die Geschichte seiner Eroberungen. »Mein Strafregister« nannte er es, ein Bonmot, das er von einem befreundeten Rechtsanwalt in Barranquilla hatte.

»Und die beiden haben nicht einmal Freundinnen, sondern

hängen an den Rockschößen ihrer Mutter, der Irren, als ob sie noch Kinder wären. Manchmal tun sie mir leid, vor allem Mario, der ist so … Nun gut. Ich werde den beiden Schwachköpfen weiter auf die Beine helfen. Etwas von mir muss doch abgefärbt haben. Was sie bestimmt von mir geerbt haben, vor allem Javier – obwohl Mario sich auch darauf versteht –, ist, wie man zu Geld kommt. Sie sind nicht dumm, die beiden. Mario hat das Restaurant fest im Griff und lässt sich weder von der Köchin noch vom anderen Personal um den Finger wickeln. Auch von den Touristen nicht, die manchmal wirklich nervig sind. Denen darf man nichts durchgehen lassen, aber man muss es geschickt machen, damit sie glauben, sie hätten das Sagen. Guter Service ist alles – ein schöner Spruch, solange man sich nicht zum Sklaven seiner Gäste macht. Die zwei Pärchen aus Frankreich zum Beispiel, die an allem etwas zu meckern hatten, bis mir die Geduld riss und ich ihnen sagte, Herrschaften, das hier ist kein Fünfsternehotel, aber es ist sauber und hat den schönsten Strand von Südamerika. Wenn Sie das auch finden, in Ordnung, wenn nicht, dann wird hier keiner zu seinem Glück gezwungen. Das Resultat war natürlich, dass sie blieben, denn unterm Strich ist das Hotel allemal gut – sicher, hübsch und nicht teuer.

Mit dem Lebensmittelladen haben die Jungs ein goldenes Händchen gehabt. Bestimmt haben sie mittlerweile einen schönen Batzen auf der Bank. Und könnten auch ein Auto haben oder sonst was, wenn sie nicht an den Drogen hängen würden. Aber was man auch sagt – es ist ihnen egal, ob sie am Marihuana und an dem andern Zeug verblöden. Ob sie wohl je verstehen, dass es nur zu ihrem Besten ist, wenn man ständig mit ihnen schimpft?

Im Moment beißen sowieso weniger Fische an – viel entgeht uns also nicht wegen dem Bier. Und heute Nacht machen wir es mit den Zackenbarschen und Schnappern wieder wett. Schau einer an, wie wütend die auf mich sind, vor allem Mario. Seine Mutter hat ihn von klein auf Marito genannt und verhätschelt – ein Wunder, dass er nicht schwul geworden ist. Schwul ist er nicht, er mag Frauen, aber sie bleiben nie lange bei ihm. Na ja, in seinem Alter haben meine Beziehungen auch nicht lange gehalten, aber das war, weil ich umherziehen musste, um mir mein Brot zu verdienen. Erst mit dem Eisenwarenladen in Montería bin ich etwas ruhiger geworden und habe nicht mehr so viel gewechselt. Das Problem von Mario ist, dass er die Frauen schlecht behandelt, wenn er getrunken hat. Und nicht nur mit Worten. In Tolú hatte er ein Mädchen, eine wahre Schönheit mit brauner Haut und hellen Augen, deren Vater und Brüder Fischer waren, und im Suff hat er sie einmal so verprügelt, dass ihre Brüder zu mir kamen und Schmerzensgeld verlangten, sonst würden sie es ihm heimzahlen. Ich sagte, wenn ihr ihm auch nur ein Haar krümmt, dann werdet ihr euch nicht wiedererkennen, ihr Scheißkerle, und habe ihnen keinen Furz gegeben. Natürlich haben sie nichts unternommen. So sind die Leute von der Küste: Sie haben ein großes Maul, und am Ende verläuft alles im Sand. Sie würden mir das Hotel in die Luft jagen, haben sie gedroht, und Dynamit haben sie ja, weil sie es manchmal zum Fischen verwenden. Versucht's doch, ihr Scheißkerle, habe ich gesagt, dann knöpfe ich mir euch einen nach dem anderen vor und werde nicht einmal eure Hunde verschonen. Später bin ich zu dem Mädchen gegangen, das immer noch ein geschwollenes Gesicht hatte, und habe ihr etwas Geld gegeben. Die Kerle hätten es eh nur versoffen.

Ich für mein Teil schlage Frauen nicht gern. Je weniger, desto besser, und das Gleiche gilt für die Kinder. Meistens ist es mit Schimpfen oder einer Drohung getan, damit fahren alle besser. Es ist letztlich eine Sache der Vernunft. Jetzt kifft er schon wieder, der Kerl. Das riecht nach angesengten Federn, nach verbrannten Reifen – oder nicht? Ich kann mir einfach nicht vorstellen, dass einem dieser Mist schmeckt.

So niedlich sie als Kinder sind, mit der Zeit werden sie immer schwieriger. Zum Beispiel der kleine Manny. Es tut mir jetzt schon weh, wenn ich daran denke, dass er eines Tages auch aufsässig wird und dass ich ihn dann hart anfassen muss, damit er brav bleibt und nicht so Sachen macht wie die zwei. Bei ihm werde ich von Anfang an besser aufpassen. Sein Vorteil ist, dass er keine Verrückte zur Mutter hat. Iris ist zwar faul, aber sonst ist sie ein Prachtweib und hat keine Hängebrüste wie Nora.

Das Putzen und Bettenmachen überlässt Iris den Hotelangestellten, sie sitzt lieber im Schaukelstuhl und lackiert sich die Fingernägel. Und sie isst viel und hat wenig Bewegung – wenn sie so weitermacht, wird sie bald aus den Nähten platzen. Als Iris mit unserem Kleinen ankam, musste der Arzt Nora eine Beruhigungsspritze geben. Aber ich bin doch nicht krank, dass ich mich zeit meines Lebens mit einer Irren abgebe, wie es die beiden Trottel wohl gern hätten. Es ist nicht gut für einen Mann, allein zu sein, aber noch schlimmer ist es, mit einer Verrückten zusammenzuleben. Ich kümmere mich ja um sie und alles, aber ich will schließlich auch leben, und ich kann doch in meinem Alter nicht mehr in den Puff gehen, sondern brauche etwas Dauerhaftes, Eigenes im Bett. Die Verrückten muss man sich vom Leib halten, sage ich immer, sonst ist man geliefert. Das haben die zwei da nie kapiert.«

Ein großer Schwarm kleiner Vögel flog am Boot vorbei, dicht über dem Wasser und so geballt, dass er wie ein einziges dunkles Wesen aussah. »Schaut euch das an, schaut euch das an«, dachte der Vater, dem auf der vorderen Bank der Wind ins Gesicht wehte. Dann zeigte sich in der Ferne, auf dem Türkisgrün des Wassers flimmernd, ein blauer Schatten, der immer greifbarer und fester wurde, bis die Insel schließlich in ihren Einzelheiten – Palmen und Meeresvögeln – vor ihnen lag. Weiter hinten hob sich das Türkis von dem fast schwarzen Grau des Gewitters ab und zeichnete am Horizont eine ausgeprägte dunkelgrüne Linie. »Ich bin ja nicht religiös und mache mir nichts aus der Kirche und dem ganzen Kram, aber an Gott glaube ich. Oder wie soll man sich das sonst erklären? Nur Er steht über einem, nicht irgendein Erzbischof oder Obererzbischof, der auch nur wie unsereiner scheißt und pinkelt. Um das zu sehen, was ich gerade sehe, dafür braucht man keine Priester und keine Kirchen. Die beiden, die in Mannys Alter Prachtkerle waren, habe ich selbst im Meer getauft. Ich bin im Morgengrauen aufgestanden, habe mir die Babys geschnappt und bin mit ihnen, in jedem Arm eines, ins Wasser gegangen, um sechs Uhr früh, beide nackt, gerade mal drei Monate alt. Ich habe sie untergetaucht, sie schrien wie am Spieß, ich habe sie Gott empfohlen und fertig: Sie waren getauft.«

14 Uhr

Mario schaute Javier nach, der in Shorts und ohne Hemd den Pfad in den Mangrovenwald hineinlief. Sie hatten an einer kleinen Bucht mit Korallensand am Rand eines Mangrovendickichts angelegt. Der Vater setzte sich auf einen Baumstumpf, schaute aufs Meer und wartete. Mario blieb schlecht gelaunt beim Boot.

Hoch oben über dem Meer zogen Dutzende Prachtfregattvögel feierlich ihre Kreise, wie die Aasgeier auf dem Festland. Am Strand lagen Berge von melonengroßen Schneckenmuscheln, deren orangefarbene Innenwände mit der Zeit blass geworden waren. Aus dem Halbdunkel des Mangrovenwalds leuchteten blau weggeworfene Plastiktüten. Im seichten Wasser am Strand war das Meer hellgrün und ganz klar, und die Sonne glitzerte auf den sich kräuselnden Wellen, den Schaumkronen, auf dem Korallensand.

Doch die Wut machte Mario blind für die Schönheit. »Verdammt, dass ausgerechnet ich bei dem Scheißkerl bleiben musste!«, dachte er. »Warum bin nicht ich das Bier holen gegangen! Schaut ihn euch an. Hockt da, als ob nichts wäre. Ihm jetzt mit dem Ruder einen Schlag von hinten auf den Kopf verpassen, und ich wäre den Kerl für immer los.« Kaum hatte er das gedacht, bekam er Gewissensbisse. Um sich davon abzulenken, holte er schnell eine Angelrute und Köder aus dem Boot und ging, bis zu den Knien im Wasser watend, etwa zwanzig

Meter am Strand entlang, der hier von den Mangroven fast eingenommen wurde. An einer Stelle, von der aus er den Vater nicht mehr sehen konnte, spießte er einen Köder auf den Haken, ließ die Angelschnur in der Luft kreisen, schleuderte sie, wie er es von Kindheit an geübt hatte, etwa fünfzehn Meter weit ins Meer hinaus und holte sie nach und nach wieder ein. Wenn er am Strand fischte, verwendete Mario lieber die Holzrolle, im Boot die Angelrute.

Von der Insel aus konnte man kleine Rote Schnapper, Papageifische und Grunzer angeln. Mario war eigentlich ein guter Strandfischer, doch diesmal biss auch nach geraumer Zeit nichts an. Also rollte er die Schnur wieder auf und ging zum Boot zurück. Der Vater hatte sich nicht von der Stelle gerührt und war wütend, weil Javier noch nicht zurück war. Mario verstaute die Angelrolle und blieb beim Boot stehen, die Augen starr auf den Sand gerichtet.

»Wo zum Teufel warst du die ganze Zeit! Mario wollte gerade los, um dich zu suchen. Einer unnützer als der andere!«, schimpfte der Vater, als Javier aus dem Mangrovendickicht trat, in der Hand einen Korb mit Bierflaschen, die im Rhythmus seiner Schritte aneinanderschlugen. Er habe Freunde aus Bogotá getroffen, erklärte Javier an Mario gewandt; den Vater würdigte er keines Blickes.

Mario ließ den Motor wieder an und steuerte aufs offene Meer hinaus. Dabei gab er so stark Gas, dass sich das Boot aufbäumte und der Vater, der aufgestanden war, um sich ein Bier zu holen, fast gefallen wäre. Mario sah, wie er sich mühsam auf den Beinen hielt, und hörte ihn fluchen. »Mensch, beinahe«, dachte er und lachte bei dem Gedanken in sich hinein, dass der Vater sich leicht das Genick hätte brechen oder ins Wasser hätte fallen können. Noch drei Mal ließ er das Boot mit einem Ruck nach vorn schnellen, noch drei Mal ließ er sich nicht durch das Fluchen des Vaters davon abhalten. »Mal sehn, was der alte Sack jetzt macht«, dachte Mario und war bereit, abermals Gas zu geben, falls der Vater aufstehen würde, um ihn zu schlagen.

»Hast du sie nicht mehr alle, Mann!«, rief Javier, und Mario entschuldigte sich, er sei nicht ganz bei der Sache gewesen.

»So bringt man jemanden auf dem Meer um!«, gab Javier zurück.

»Ich hab mich doch entschuldigt, was soll ich sonst noch tun? Das Steuer loslassen und auf die Knie fallen?«

»Jetzt wird er auch noch frech«, sagte der Vater am Bug.

Das Gewitter schien still zu stehen. Es war immer noch sehr weit von ihnen entfernt. Nachdem es einen großen Teil der Küste eingenommen hatte, bewegte es sich nicht mehr vorwärts, doch in seinem Innern wütete es. Der Gegensatz zwischen seinem fast schwarzen Grau und dem Grün des Meeres wurde immer stärker und die dunkelblaue Grenzlinie am Horizont immer markanter. Mario war sicher, dass die Leute auf der Insel Javier davor gewarnt hatten, bei diesem Wetter aufs Meer zu fahren, dass Javier das aber für sich behielt. »Recht hat er! Warum sollte er auch was sagen«, dachte Mario. »Der alte Sack macht sowieso, was er will. Und mir ist es egal. Wenn wir absaufen, saufen wir ab – kein großer Verlust. Um Javier täte es mir allerdings leid. Und um die Verrückte.«

Lange Zeit waren nur das Geräusch des Motors und das Aufschlagen des Bootsrumpfs gegen die Wellen zu hören. Mario hörte auf, an den Vater zu denken, hörte auf, Mario zu sein, und wurde für eine Weile – eine barmherzig lange Weile – eins mit dem Boot, dem Motor und dem Wasser. Plötzlich hustete der Motor zweimal, dann lief er wieder normal. Hustete noch einmal und war still.

»Der Vergaser«, sagte Javier.

Auf einem Motorschiff, gleichviel, ob es ein Transatlantikdampfer oder ein zehn Meter langes Boot ist, stellt sich, wenn der Motor verstummt, sofort das Gefühl von Ohnmacht ein. Schon das kleinste Wellenkräuseln rüttelt am Rumpf, und die Proportionen des Lebens werden zurechtgerückt. Es wird deutlich, dass die Herrschaft des Boots über das Wasser eine arrogante Selbsttäuschung war. Die Angst vor dem Durst, der Sonne und dem Hunger breitet sich aus: die Angst vor dem Tod.

»Er schaut mich an, als hätte ich den Motor absichtlich gestoppt«, dachte Mario mit Genugtuung, denn wenn es etwas gab, worin er dem Vater überlegen war, dann war es sein Händchen für die Technik. »Jetzt wird er mich fragen, wieso ein Motor ausgeht, der fast neu ist.«

»Scheißmotor, der ist doch keine drei Monate alt!«, sagte der Vater mit dem derben Akzent eines Antioqueños, der vom sanften *Costeño*-Tonfall seiner Söhne abstach.

Mario wusste sehr wohl, dass der Vater von Motoren keine Ahnung hatte, ja dass es ihn anwiderte, einen verschmierten Motor anzufassen mit seinen Händen, die zwar hart und kräftig und haarig, in letzter Zeit aber allzu gepflegt waren und von Iris, seiner neuen, jungen Frau, manikürt wurden – Fingernägel eines eitlen, in die Jahre gekommenen Frauenhelden, eines alten Schufts, dachte Mario. Um den Vater zu reizen, beschloss er, sich Zeit zu lassen mit dem Beheben des Schadens, der, wie Javier erkannt hatte, auf eine Verstopfung der Benzinleitung zurückzuführen war. Mario genoss es, den Vater in der Hand zu haben.

In seiner Bewegungslosigkeit war das Boot jetzt völlig der Wucht der Sonne ausgeliefert. Mario fing an, den Motor auseinanderzunehmen, während Javier und der Vater das Mittagessen auf die Teller schöpften. Javier stellte seinem Bruder den Teller auf die Bank, doch Mario schaute nicht einmal hin. Reis und Bohnen glänzten in der Tropensonne. Mario legte die einzelnen Teile, die er ausbaute, der Reihe nach – wie Edelsteine –

auf ein auf der Bank ausgebreitetes rotes Tuch; zwischendurch griff er nach dem Teller und stopfte sich einen Löffel voll in den Mund. Das Meer war leicht gekräuselt und sehr grell. Mario wusste genau, wie sein Vater aß, wenn er schlecht gelaunt war. Er kaute schnell und schaute das Essen verächtlich an, als täte er ihm einen Gefallen, dass er es zu sich nahm. Mario kannte die Mimik seines Vaters und wusste, was jede einzelne Geste zu bedeuten hatte.

»Musst du wirklich alles auseinandernehmen?«, fragte Javier.

»Was glaubst du wohl!«

»Den ganzen Motor?«

»Mach's doch selber, wenn du's besser weißt!«

»Schon okay.«

»Das sieht nicht gut aus«, sagte Mario, während er den Motor untersuchte. Dann schaute er aufs Wasser. »Und das Meer sieht auch nicht gut aus, es gibt Strömung. Wer weiß, wo wir hingetrieben werden, wenn der Motor nicht bald wieder läuft.«

Keiner sprach vom Tod, und doch saß er mitten unter ihnen, auf einer der Bänke, mit seinem Umhang, seiner Kapuze und seiner Sense.

»Was soll das heißen: *sieht nicht gut aus*!«, sagte der Vater. »Du bringst ihn sofort wieder in Gang, hörst du?«

»Wie Seine Majestät befehlen«, sagte Mario leise, während er ein weiteres Teilchen abschraubte.

Die Edelsteine auf dem roten Tuch wurden immer mehr. Mario pustete durch jedes einzelne Teil, spülte jedes einzelne Teil mit Süßwasser aus, hielt jedes einzelne Teil gegen das Licht, spülte jedes einzelne Teil mit Benzin nach, trocknete alle mit einem Lappen, pustete wieder und hielt sie wieder gegen das Licht. »Wenn ich es will, saufen wir alle ab oder verdursten, du alter Sack«, dachte er. Auf der Bank glänzte die eine Hälfte des Motors in Einzelteile zerlegt, die andere Hälfte war ein leeres Knochengehäuse. Mario merkte, dass der Vater ihm mit argwöhnischer Neugier und widerwilliger Bewunderung zuschaute.

»Jetzt fängt der alte Sack an, misstrauisch zu werden«, dachte er frohlockend.

15 Uhr

Die Welle gelangt immer an den Ort, zu dem sie unterwegs ist, und beginnt immer dort, wo sie entstanden ist«, sagte die Mutter, nicht wie eine Prophezeiung, sondern als kommentiere sie ein Ereignis, das in der Zukunft stattgefunden haben wird. »So wie der Wind. Welle und Wind. Das menschliche Herz.«

Sie war in die Hotelküche gegangen, um sich ihr Mittagessen zu holen, und hatte sich dann mit ihrem Hofstaat im Restaurant zu Tisch gesetzt. Der Hühnerhals zerging ihr auf der Zunge. Die Köchin – oder vielleicht ihr Gewissen – hatte sie gewarnt, sich nicht an einem Halsknöchelchen zu verschlucken oder am Hühnerkopf selbst, der sie mit spöttisch fragenden Augen ansah. Durch den offenen Pavillon blies der Wind. Die Gabel zerteilte die Yamswurzel wie warmes Eis.

»Und die Kochbanane, die Kochbanane! Schaut euch die Kochbanane an!«

»Ein Boot, in seiner Einsamkeit gefangen«, erwiderte die Schar und erinnerte sie daran, dass es den Vater gab, ihren Mann, den König, an den Nora nicht mehr gedacht hatte, als sie am Hühnerkopf lutschte und die Yamswurzel mit der Gabel zerquetschte.

»O weh, o weh!«, sagte die Mutter, die Königin von Persien und Playamar, und wiederholte es so oft, bis die Köchin aus der Küche kam, um nach dem Rechten zu sehen.

»Möge Gott ihm seine Schlechtigkeit vergeben und den Jungen, wenn sie tun, was das Meer ihnen vorschlägt!«

»So etwas dürfen Sie nicht sagen, Doña Nora, nein, nein«, tadelte sie die Köchin, eine Schwarze, die in Santiago de Tolú geboren und aufgewachsen war und in deren Augen und Lächeln die Traurigkeit von Jahrhunderten lag, eine Traurigkeit, die von der Lebensfreude überdeckt wurde.

»Ach, was sollen wir denn tun, Cordelia!«, sagte Nora.

»Imogenia, Doña Nora. Aber reden Sie nicht so laut, Sie verscheuchen ja die Engel. Cordelia ist meine Cousine, Sie wissen doch, die, die mir sonntags hilft. Die in Múcura wohnt.«

Nora war sich nicht sicher, ob die Köchin tatsächlich von Engeln gesprochen hatte, und dieser Zweifel beunruhigte sie so sehr, dass sie schnell ablenkte:

»Namen, Namen, was bedeuten schon Namen! Du, Imogenia, kannst du mir noch etwas *Sancocho* bringen, ja? Aber dass *er da* ja nichts davon erfährt, sonst bringt er mich um.«

»*Er da!*«, rief die Schar überraschend aus einiger Entfernung. Sie waren alle zum Strand hinuntergegangen, um dort vor dem Hintergrund der stärker gewordenen Brandung zu singen. »*Er da*, der so viel Leid gebracht hat. *Er da*, der dich umbringt, der dich schon umgebracht hat, der dich weiter umbringen wird«, schrie die Schar, und – klatsch – brach eine Welle vornüber und breitete – schhhhh – ihren Fächer über den Sand, als wolle das Wasser in die Labyrinthe der Seele eindringen, und Nora hörte, wie es in winzigen Wirbeln im Sand versickerte.

»Meer, das von meiner Liebe verdunkelt wird«, sagte Nora, und die dicke Imogenia entfernte sich voller Mitgefühl und wurde immer kleiner wie im Auge eines Teleskops oder im Tunnel des Todes.

Die Köchin kam zurück. Nora hatte längst durchschaut, dass sie in Wirklichkeit eine Komplizin in der Verschwörung war, die die Schwarze Hand im Bund mit ihrem Mann gegen sie angezettelt hatte, und von Mitgefühl konnte keine Rede sein, jedenfalls nicht lange. Nun kam die Verräterin also mit einem Teller *Sancocho* und in Begleitung ihres Mannes, eines Schwarzen, dessen kräftige Arme, unterstützt von Imogenia, sie jeden Moment ans Bett fesseln konnten. Nora wusste, dass der König ihnen die nötigen Handgriffe beigebracht und den Befehl gegeben hatte, sie so lange festzuhalten, bis die Krankenschwester aus dem zwanzig Minuten entfernten Luxushotel zur Stelle wäre, um ihr eine Beruhigungsspritze zu verpassen. Dazu kam es aber nur, wenn die Söhne nicht da waren, denn sie hätten das nie zugelassen, hätten dem Vater die Stirn geboten und dem Sklaven die Kehle durchgeschnitten, um zu verhindern, dass man sie mit einem Strick fesselte und mit Betäubungsmitteln vergiftete oder ihr Elektroschocks verabreichte, was auch schon ein paarmal vorgekommen war.

»Ist alles in Ordnung, Doña Nora?«, fragte der Schwarze, herausgeputzt und selbstherrlich wie ein Prinz.

»Wenn der Hass und die Niedertracht dir nicht aus den Augen leuchteten und dich als gemeinen Sklaven entlarvten, könntest du mich vielleicht täuschen!«, sagte Nora und lachte aus vollem Hals, sodass vorn die Zahnlücken und hinten die schwarzen Backenzähne zu sehen waren.

»Ganz ruhig, Doña Nora, sonst hole ich den Strick und die Spritze«, erwiderte der schwarze Folterknecht. Vor ihren Söhnen hätte der Elende nicht gewagt, diesen Ton anzuschlagen (vor ihrem Mann schon, um ihm zu Gefallen zu sein).

»Red nicht so mit ihr, du Dummkopf, du regst sie nur noch mehr auf. Hätte ich dich bloß nicht gerufen!«, sagte Imogenia.

Nora wollte die Diskussion nicht fortführen und wandte sich lieber ihrem Eintopf zu. Wenn sie ihr Leben und damit das Fortbestehen der Menschheit retten wollte, musste sie sehr geschickt vorgehen, um die beiden zu täuschen. Sie hatte beschlossen, ihnen nicht mehr zu widersprechen, sie nicht mehr zu beschimpfen, denn sie fürchtete, jemand könnte das Durcheinander ausnutzen und ihr ein Stück Maniok vom Teller klauen. Schlau und gerissen musste sie sein, um die Oberhand zu behalten. Ihre Söhne würden schon kommen, um sie zu rächen, und dann würde Blut an den Stränden fließen.

»Ein böses Ende«, sagte Nora mit vollem Mund.

»Was haben Sie gesagt?«, fragte Imogenia.

Als Nora aufschaute, stellte sie fest, dass Imogenias Mann nicht mehr da war. In ihren Augen fühlte sie die Last des Glanzes vieler Welten, einige sanft und freundlich, andere spitz und scharf.

»Sie würde gern schlafen«, sagte sie.

»Wer?«

»Die Königin von Persien. Sahamarakajanda V.«

»Die Fünfte?«, fragte Imogenias Mann, der sich wie eine Fledermaus im Palmdach versteckt hatte.

»Halt's Maul, du Widerling, und verzieh dich!«, sagte Imogenia. »Essen Sie in Ruhe zu Ende, Doña Nora. Schmeckt es Ihnen?«

»Ja, es schmeckt ihr«, erwiderte Nora. »Aber sie hätte gern ein Stück Avocado dazu gehabt.«

»Und wo in der Königin Sarakakadingsda hätte die Avocado wohl noch Platz, wenn man fragen darf?«, sagte Imogenias Mann, und die Köchin drohte, ihm mit dem Besen Beine zu machen, wenn er nicht sofort verschwände. Jetzt gehorchte er endlich und trollte sich mit eingezogenem Schwanz.

»So vertreibt man Teufel und Kakerlaken«, sagte Nora, die wieder etwas Vertrauen zu Imogenia fasste.

Als die Köchin Nora zum Bungalow begleitete, drehten die Prachtfregattvögel fast am Ende des Himmels ihre Runden, und die Wellen brachen sich zu dieser Stunde ungestüm und hell leuchtend am Strand. Kalte Glockenschläge kamen angeflogen und folterten Nora, als sei sie zum Pinkeln in den Glockenstuhl einer mittelalterlichen Kathedrale gestiegen. Dann verstummten sie, sie zerflatterten, und alles kehrte zurück in die Tropen und wurde von ihrem Meer erhellt. Nora begriff, dass heute die Gelegenheit war, das Problem mit der Köchin ein für alle Mal zu lösen. Wenn Imogenia tot wäre, würde es ein Kinderspiel sein, sich ihres Mannes zu entledigen und auch dieser Schlampe Carlota und ihrer phallischen Schar von Lästerzungen, die ihr das Leben zur Hölle machten.

Heute würde es geschehen, aber nicht gleich. Im Augenblick war sie müde und wenig geneigt, Dinge anzugehen, die mit dem Gemeinwohl zu tun hatten. Im Außenministerium würde man das verstehen, denn dort schätzte man ihre sagenhafte Tüchtigkeit und ihren Fleiß. Wichtig war, dass sie keinen Verdacht schöpfte, die Verruchte. Sie sollte denken, dass Nora sie mochte. Und darum musste sich Nora hüten, im Bungalow auf das Brett an der Zimmerdecke zu schauen, hinter dem die Schlagwaffe der Gerechtigkeit und Erlösung versteckt war. Imogenia würde sterben. Iris, die selbstgefällige Konkubine, würde sterben. Das Kind würde verschont. Imogenias Mann, der Handlanger, würde sterben.

»Herrlichkeit des Nachmittags«, sang jetzt hinter dem Duschvorhang der Chor der Guten, um ihr Mut zu machen. »Rache, die unverhofft kommt, Sturzflut in seiner Kehle. Manchmal ist es gut, wenn das Hirn spritzt und das Blut fließt. Einspruch!«

»Richtig, Kinder, völlig falsch. Danke sehr.«

»Soll ich Ihnen das Klimagerät anstellen, Doña Nora?«

Der eisige Luftzug blies Nora auf die schweißnasse Stirn und drang ihr bis ins Mark. Sie legte sich aufs Bett und ließ ihre Augen über die Bretter an der Decke schweifen, wobei sie eines übersprang. An die Köchin dachte sie schon nicht mehr.

Die deckte sie mit einem weißen Laken zu, doch Nora schob es von sich.

»Die Moskitos werden Sie nicht in Ruhe lassen.«

»Nur schlafen«, sagte Nora.

»Soll ich eines der Mädchen rufen, um Ihnen beim Duschen zu helfen?«

Nora schüttelte den Kopf und zog sich den Unterrock aus.

»Wenn Sie sich ausziehen, lasse ich besser das Moskitonetz runter.«

Das tat sie, und Nora riss es mit einer Handbewegung ab. Das Klimagerät füllte den stickigen Raum mit frischer Luft. Die Mutter glitt in den unergründlichen Schlaf der Verrückten, während sich draußen in den Seemandelbäumen und Kokospalmen die *Mariamulata*-Vögel in schrillen Tönen unterhielten.

16 Uhr

Javier beobachtete, wie sein Bruder fast den ganzen Motor auseinandernahm, ihn wieder zusammenbaute und, als er nicht ansprang, noch mal von vorn anfing. Sie trieben mit der Meeresströmung dahin, die Inseln entfernten sich immer weiter. Ohne den Motor würde die Strömung sie unweigerlich hinaus aufs Meer treiben. »Ich kann einfach nicht glauben, dass du das nicht hinkriegst«, hätte Javier beinahe gesagt, hielt aber an sich, um dem Vater keine Munition für einen Angriff auf Mario zu geben.

»Na, was ist mit unserm technischen Genie?«, sagte der Vater plötzlich mit vor Verachtung triefender Stimme. »Immer dieses Gehabe, was er alles kann, und wenn es drauf ankommt, entpuppt sich der Alleskönner als Niete!«

Javier sah das tödliche Funkeln des Schraubenziehers in Marios Hand und war bereit, sich auf ihn zu werfen und ihn zurückzuhalten, falls es nötig sein sollte. Doch sein Bruder blies, ohne irgendwen anzuschauen, auf das nächste Schräubchen und widmete sich weiter seiner Geheimwissenschaft. Javier setzte sich ihm gegenüber, den Vater im Rücken.

»Wird er wieder anspringen?«, fragte er.

»Natürlich wird er. Der Motor, den ich nicht zum Laufen bringe, muss erst noch erfunden werden. Aber er wird erst anspringen, wenn ich es will.«

»Großkotzig wie ein *Costeño*«, sagte der Vater mit der eingefleischten Überheblichkeit der Leute aus dem Landesinnern gegenüber den selbstgefälligen Küstenbewohnern.

»Soll er's doch machen. Ich lasse ihn gern ran.«

»Sei still, du Idiot, sei still«, sagte Javier leise, nahe daran, die Beherrschung zu verlieren. »Bring das Scheißding in Ordnung und halt's Maul!«

Etwas später, als Mario es für angebracht hielt, sprang der Motor an. Mario startete mit Vollgas, sodass sich das Boot wie gehabt aufbäumte und mehrmals aufs Wasser schlug, doch diesmal war der Vater auf der Hut und hielt sich fest. »Jetzt dreht auch der noch durch«, dachte Javier. Als das Boot wieder normal fuhr, vermied er es aufzuschauen, weil er nicht sehen wollte, was für ein Gesicht der Vater machte. Zwanzig Minuten später sagte der Vater »Hier!«, und als Mario keine Anstalten machte zu stoppen, stand Javier rasch auf, stupste seinen Bruder an und stellte den Motor ab.

»So nicht, Mensch, so geht's wirklich nicht!«, stieß er zwischen den Zähnen hervor und hielt den Blick zu Boden gerichtet, auf die Schicht unzähliger vielfarbiger, kalter, glitschiger, spitzer, nach Luft schnappender Fische, die ihnen bis an die Knöchel reichte.

»Hier fangen wir doch keinen müden Fisch«, sagte Mario, ebenfalls mit leiser Stimme.

»Willst du, dass er dir eine reinhaut?«

»Das soll er wagen!«, sagte Mario. Der Schraubenzieher lag in Reichweite, gleich neben dem Motor.

»Wenn er's nicht tut, dann tu ich es.«

Am Anfang dachte Javier noch, Mario habe die Aussichten falsch eingeschätzt, denn ziemlich bald kriegten sie ein paar mittelgroße Spitzmaulbrassen und eine fast vier Pfund schwere *Sierra* an die Angel – doch danach bissen keine Fische mehr an. Javier freute sich darüber. »Jetzt haben die Fische den Alten um den Triumph gebracht, recht gehabt zu haben. Mir doch egal, wie lange wir hier sinnlos rumhocken.« Die See war rauer geworden. Der graue Block des fernen Unwetters konnte jeden Augenblick aufreißen und sein Inferno aus Regen, Wind und Blitzen auf sie loslassen. In diesem Augenblick entschloss sich Javier, bis zum Ende ihres Fischzugs kein Marihuana mehr zu rauchen. »Wer weiß, was uns hier noch blüht – die beiden können einander jeden Moment an die Gurgel springen. Mario habe ich noch nie so erregt gesehen, der Alte muss aufpassen, dass er den Schraubenzieher nicht in den Leib gerammt bekommt, obwohl er es verdient hätte«, dachte er und atmete tief durch, damit sein eigenes Blut nicht auch zu kochen begann.

Da die Fische auf sich warten ließen, vertrieb sich Javier die Zeit damit, das Unwetter zu beobachten. Es war anscheinend nahe, aber auch wenn die Blitze stark waren, dauerte es immer eine ganze Weile, bis der Donner zu hören war. Es war jedoch gut möglich, dass das Gewitter jeden Moment seine Richtung änderte, und wenn es sich für den Süden entschiede, wären sie ihm ausgeliefert. Das sagte er dem Vater, doch der reagierte nicht. Mario dagegen brabbelte etwas vor sich hin, das Javier nicht verstehen konnte, aber er wusste – denn er kannte seinen Bruder –, dass er sich wünschte, das Meer würde sie alle verschlingen und diesem Scheißleben ein Ende bereiten.

Marios ewiges Gefasel darüber, er habe niemanden gebeten, auf die Welt zu kommen, und sein Verderben habe mit dem Tag seiner Geburt begonnen, ging Javier auf die Nerven, und er musste an sich halten, um nicht zu antworten, dass man das Leben nicht in Auftrag gibt, du Idiot, sondern man wird in die Welt geboren, und dann kannst du dich immer noch erschießen oder den Scheißkopf in die Kloschüssel stecken, wenn du willst. Ja, er musste im doppelten Sinne an sich halten, denn manchmal, vor allem wenn er getrunken hatte, konnte Javier aggressiv werden, und zwei oder drei Mal war es geschehen, dass er Mario geschlagen hatte, was ihm hinterher immer leidtat.

Westlich der steinfarbenen Wetterfront hatte sich der Himmel jetzt golden und rosa gefärbt, Vorbote eines intensiven Abendrots. Javier war drauf und dran, die Pfeife aus dem Beutel zu holen, doch er hielt an sich. Auch wenn sich die Lage scheinbar beruhigt hatte, herrschte in dem engen Boot eine mit Groll, Überheblichkeit, Verachtung und Bangen geladene Spannung, sodass wenigstens einer, wenn das überhaupt möglich war, einen klaren Kopf behalten musste. Javier war bereit, für seinen Bruder zu töten, auch wenn er manchmal die Geduld mit ihm verlor und ihn sogar schlug, und genauso war er bereit, für seine Mutter zu töten.

Er begann mit dem Ausnehmen der Fische. Mit einem Messer schnitt er eine der großen *Sierras* auf, versenkte seine Hand in ihrem kalten Innern, holte die fast flüssigen Eingeweide und Drüsengewebe heraus und warf sie ins Meer. Als Nächstes nahm er einen Stöcker. Der Fischgeruch stieg ihm beißend in der Nase. Die ausgenommenen Fische legte er in die Kühlbox mit dem Eis, das schon halb geschmolzen war. Ab und zu holte er seine Angelschnüre ein, um zu prüfen, ob die Köder noch dran waren, und warf sie wieder aus. Immer noch keine Fische. Manchmal steckte er einen frischen Köder auf den Haken, obwohl es nicht nötig war. Mario und der Vater taten dasselbe. Das Bild des mordenden Königs aus dem Buch, das er gerade las, verfolgte ihn, während die Farbtöne um ihn herum im Spätnachmittagslicht immer differenzierter wurden. Weit und breit kein Boot, kein Vogel. Er stand auf und streckte sich. Bevor er sich wieder setzte, stützte er sich auf die Bordwand und bestaunte im noch lichtblauen Wasser, etwa zehn Meter unter sich, den Schatten der Korallen und Wasserpflanzen.

»Schade«, dachte er. »Drei Prisen Marihuana wären jetzt super. Kein Wunder, dass der Typ aus Bogotá bei der Schönheit hier ein Aquarell nach dem andern malt. Wenn er so weitermacht, wird ihm bald das Papier ausgehen, obwohl er einen ganzen Koffer voll mitgebracht hat. Und seine Frau ist auch nicht übel. Das ist das Gute an dieser Küste: In der Saison gibt es haufenweise Frauen, und es wird einem nie langweilig, manche lassen dich sogar an sich ran. Die meine ich natürlich nicht, die ist nur zum Reden. Wenn die Hochsaison vorbei ist, werden die Tage wieder lang werden, aber gottlob gibt es ja Bücher. Dass er mir die Bücher mitgebracht hat, war echt nett von ihm. Na ja, dafür habe ich die drei auch mit dem Jeep von Montería hergefahren und nicht viel dafür verlangt. Gratis kann ich es natürlich nicht machen. Man darf seine Zeit und Arbeitskraft doch nicht verschenken, oder? Auch wenn es gute Freunde sind, denen man einen Gefallen schuldet.«

Durch die immer noch aufgesteckten dunklen Gläser – Sonnenschutz, obwohl das Licht schwächer geworden war – schaute er verdrossen auf den Vater, der mit mürrischer Miene bei seinen Angelruten hockte, versessen darauf, dort zu angeln, wo es nichts zu angeln gab. Die Bewunderung, die er einst für ihn empfunden hatte – eine andere Art von Liebe hatte der Alte nie erlaubt –, war längst nicht mehr da. Mag sein, dass ein Kind sich noch von der Stärke blenden lässt, aber ein junger Mensch nicht mehr.

»Ich lasse mir jedenfalls von niemandem mehr das Leben zur Hölle machen«, dachte Javier, während er eine seiner Angelschnüre überprüfte. »Mich wird er respektieren müssen und Mario auch. Wir wollen kein Geld von ihm, wir wissen selbst, wie man dazu kommt. Und wenn er will, dass wir ausziehen, dann nehmen wir unsere Sachen und ziehen mit der Verrückten woandershin. Aber das wird er nicht tun, denn was würde dann aus dem Restaurant? Er hätte nie die Geduld, sich um alles zu kümmern. Wo der Zucker und das Öl geblieben sind, zum Beispiel. Und wenn man das nicht macht, läuft so ein Laden eben nicht. Damit ein Restaurant etwas abwirft, muss man ein Auge auf jede Kleinigkeit haben. Die Angestellten lassen sogar das Klopapier mitgehen, wenn man nicht aufpasst. Und das Essen muss schmecken. Nicht auszudenken, was die Touristen vorgesetzt bekämen, wenn der Alte das Restaurant selbst führen müsste. Die Köchin würde sich alle naselang verdrücken und das Kochen irgendeiner Hilfskraft überlassen. Die Gäste müssten essen, was auf den Tisch kommt – was bliebe ihnen anderes übrig? Der Fisch zäh wie Gummi, der Maniok halb gar. Ich sage ja nicht, dass das Restaurant sechzehn Sterne haben muss, aber das Mindeste ist doch wohl, dass man den Maniok kauen kann. Und wenn frischer Fisch hereinkommt, würden sie zu ihrer alten Unsitte zurückkehren: Statt ihn frisch zu servieren, würden sie ihn lieber einfrieren und den alten Fisch halb aufgetaut frittieren. So sind sie eben.«

Die Sonne sank tiefer und tiefer, und der Horizont wurde von Sekunde zu Sekunde farbiger. Sonst war keine Veränderung zu bemerken, denn das ferne Gewitter bewegte sich nicht von der Stelle, als sei es aus Stein. Seevögel waren noch immer nicht zu sehen, und die Wasseroberfläche blieb weiter leicht gekräuselt. Aber das Chaos konnte jeden Augenblick losbrechen, wie Rauch, wie Lava. Nach allem, was er in seinen sechsundzwanzig Jahren gesehen, und auch nach dem, was er gelesen hatte, neigte Javier zu dem Schluss, dass das Leben darin bestand, ständig in Höllen hinabzusinken und wieder aus ihnen emporzusteigen. Was aber nicht bedeutete, dass man sich besser gleich umbringen sollte, wie der Spinner Mario meinte.

Im Gegenteil.

Man erlebt die Freude, auch wenn sie kurz ist, doch ganz intensiv, vor allem als Kind. Selbst Mario und er haben sie kennengelernt, trotz aller Widrigkeiten. Oder etwa nicht? Und vielleicht waren die guten Momente gerade deshalb so stark: wegen der Widrigkeiten, dachte Javier. Allein die Tatsache, dass sie manchmal auch sehr glücklich gewesen waren, ließ doch den Schluss zu, dass das Leben ganz gelebt werden musste, egal unter welchen Umständen. Deshalb empörte ihn Marios depressives Gerede. Das Leben musste respektiert werden, verdammt noch mal! Javier konnte es nicht ausstehen, wenn sich jemand dem Weltschmerz hingab oder mit dem Schicksal haderte, also erlaubte er es auch sich selbst nicht. Was war an Marios Sprüchen überhaupt dran? Er, Javier, sah doch, wie sich sein Bruder in der Beschäftigung mit dem Boot, dem Motor, den Angelschnüren und Angelhaken vollkommen vergaß, und damit offensichtlich auch seine Selbstmordgedanken und seine Vorwürfe gegen Gott.

»Schau sich einer diesen Sonnenuntergang an!«, dachte er dann, als würde ihm das prächtige Orange am Horizont ein endgültiges Argument gegen die Düsternis seines Bruders liefern, gegen die eigene Düsternis und sogar gegen die grausame, unverschuldete Düsternis der armen Verrückten.

17 Uhr

Ich heiße Ligia María Zuluaga, gehe in die vierte Klasse der Mariahilf-Schule und wohne im Stadtteil La Floresta, Medellín, Antioquia, Kolumbien, Südamerika, Planet Erde, Milchstraße, Universum. Das Meer ist super, und die Sonnenuntergänge – einfach toll! Wir sind am Morgen mit Papás Jeep von Medellín losgefahren, und als wir in Tolú ankamen und ich dieses wahnsinnige Blau sah, das riesige blaue Blau am Ende der Straße, da hat es mich umgehauen, und ich hab beinahe geweint. Papá hat drei Taxis, die werden von meinen Onkeln gefahren, und einen Sattelschlepper. Mamá war auch hin und weg. Meine zwei kleinen Schwestern waren eingedöst und kriegten die Augen nicht auf, um das Meer zu sehen. Die Dummchen!

Hier an der Küste ist es himmlisch!

Unser Hotel heißt ›Cabañas Playamar‹, weil die Bungalows direkt am Meer liegen, mit einem breiten Strand dazwischen. Hier gibt es eine Menge Kinder, und ich hab mich schon mit einigen angefreundet. Gestern Abend waren wir an die hundert, aus allen Bungalows sind Kinder mit Taschenlampen zum Strand gekommen und haben die Krebse angeleuchtet und sind ihnen nachgerannt. Ein paar Jungen haben sie mit Stöcken totgeschlagen, das war gemein, aber wir Mädchen haben nicht mitgemacht. Heute Abend gehen wir wieder an den Strand, aber es heißt, dass ein Sturm kommen wird mit großen

Wellen und dass wir deshalb nicht baden können, aber ich habe sowieso Angst, ins Wasser zu gehen, wenn es dunkel ist, weil mich die Fische beißen könnten oder ein Barrakuda. Im Wasser ist es wärmer als draußen.

Es ist wirklich toll hier, aber Mamá hat zu Papá gesagt, er soll nicht die ganze Nacht mit dem Mann vom Hotel rumhocken. Mamá sagt, sie hätte bald die Nase voll, schließlich seien wir zum Ferienmachen hier und nicht zum Trinken und Geschäftemachen. Heute ist der Mann vom Hotel aber nicht da, weil er mit seinen Söhnen zum Fischen gefahren ist. Die Köchin sagt, sie würden absaufen. Die Frau vom Hotel ist nicht ganz richtig im Kopf, sie läuft den ganzen Tag im Unterrock herum, und Mamá sagt, dass sie arm dran ist. Manchmal schreit sie in der Nacht, und dann holt der Mann jemanden, der ihr eine Spritze gibt, damit sie still ist, sagen die Kinder der Köchin. Die sind schwarz, kohlrabenschwarz, und hängen sich an die Baumstämme, die im Meer schwimmen. Hier an der Küste gibt es jede Menge Obst: Melonen, Wassermelonen, Mangos, Papayas und auch Mispeln, die sind aber anders als bei uns in Medellín. Mamá sagt, dass sie nach Sand schmecken, aber ich mag das; blöd ist nur, sie machen Flecken auf den Kleidern.

Es ist einfach wunderwunderschön!

Mir schmeckt der gebratene Fisch hier. Der, den ich am meisten mag, heißt *Chinito*, der ist klein und rot. Zur Köchin sage ich immer, »Bitte, bitte *Chinito*, wenn Sie haben!« Und sie sagt dann jedes Mal, »So ein kleines, feines Mädchen und futtert mir die ganzen *Chinitos* weg.« Die Köchin versucht immer, mit meiner Mamá ins Gespräch zu kommen, aber meine Mamá kann es nicht ausstehen, wenn die Leute tratschen. Sie weiß bloß nicht, wie sie die Köchin loswerden soll. Die Köchin sagt, dass der Mann vom Hotel seine Frau, die Verrückte, schlecht behandelt hat. Die Köchin ist dick, aber ich mag sie, denn sie macht mir Zöpfe mit eingeflochtenen Glasperlen, sie sagt, dass grüne Perlen am besten zu meinem blonden Haar und meinen Augen passen. Aber ich mag es nicht, wenn die Leute mir immer sagen, dass ich grüne Augen habe, das nervt total. Die Ferien hier sind wirklich toll! Gestern sind wir mit dem Auto nach Tolú gefahren und waren in der Kirche.

Ich bin Yónatan, acht Jahre alt, der Junge, der in Envigado in die Fernando-González-Schule geht, aber ich wohne nicht unten in der Stadt, sondern auf einer Finca am Berghang, und muss jeden Tag zwanzig Minuten zur Schule laufen. Ich bin der, dem der eine Bruder den zerfledderten Geldschein gegeben hat, der schlecht roch und sich kurz darauf ganz auflöste. Wir Kinder mögen diesen Bruder nicht, der ist immer so muffelig. Aber der andere, Javier, der ist in Ordnung, das sagen alle, er spielt mit uns Fußball am Strand. Ich muss als Hausaufgabe einen Aufsatz über meine Ferien schreiben, aber den habe ich noch nicht angefangen. Warum kriegt man eigentlich Hausaufgaben, wenn man in den Ferien ist? Wozu sind die Ferien denn Ferien?

Als ich meiner Oma das mit dem Geldschein erzählte und dass der eine Bruder zu uns Kindern nicht nett ist, sagte sie: »Tut mir leid, aber der Arme hat's nicht leicht im Leben.« Ich bin nämlich der Enkel von Doña Libe, und die Cabañas ganz unten von Playamar sind unsere. Und dann sagte sie noch: »Aber wenn er zu einem von euch frech wird, dann knöpf ich ihn mir vor.« In den Ferien kommen auch die Kinder meiner Onkel und Tanten hierher, dann sind wir zusammen fünfzehn Cousins und Cousinen. Fast alle wohnen in Medellín, nur die Tante nicht, die in La Estrella wohnt. Wir Jungen schlafen in einem Zimmer und die Mädchen in einem anderen, alle in Stockbetten, und jede Nacht machen wir Jungen Unsinn, fuchteln mit den Taschenlampen herum und furzen um die Wette. Dann rufen die Mädchen aus ihrem Zimmer: »Du lieber

Himmel, was seid ihr für Ferkel!«, und wir lachen uns schief. Das ist total lustig!

Und ich bin der Tourist, der schon um neun Uhr morgens seine ersten *Aguardientes* getrunken hat, gleich nach dem Frühstück mit Rührei und Maisknödeln, und der immer noch am Trinken ist. Heute allerdings mit kleineren Schlucken, damit ich nicht wieder wie ein Zombie am Strand rumlatsche und dann umkippe.

»Mensch, Juan Carlos, du musst vorsichtiger sein«, hat Javier neulich gesagt, der Bruder, mit dem ich mich gut verstehe.

Das war, als ich unten am Strand eingeschlafen bin, da, wo die Imbissbuden und die Tanzpavillons sind. Irgendwer hat Javier dann verständigt, und der hat zwei Angestellte geschickt, die mich zu meinem Bungalow tragen sollten. Aber ich war inzwischen aufgewacht und musste wenigstens nicht getragen werden.

»Dir kann sonst was passieren, du Idiot! Sobald es dunkel ist, könntest du ausgeraubt oder umgebracht werden. Hier ist zwar noch nie was passiert, aber man kann ja nie wissen.«

Eigentlich hat er recht. Ich bin ja ganz allein hier, und kein Hahn würde nach mir krähen. Der Javier ist schon in Ordnung. Und jetzt werde ich mich auf diesem Baumstamm niederlassen und die Flasche langsam austrinken und der Sonne zuschauen, wie sie untergeht.

Ich heiße Johanna. Ich bin mit Ricardo hier, meinem Freund, der versprochen hatte, mit mir nach Cartagena zu fahren, aber dann reichte sein Geld nicht, Cartagena ist für den Jetset, sagte er, das können wir uns nicht leisten, und so sind wir hier gelandet. Ricardo erwartet, dass ich ein glückliches Gesicht mache, denn auch hier sei der Urlaub nicht gerade billig, die Flugtickets von Bogotá und alles, aber wie soll ich glücklich sein bei dem Menschengewimmel und dem Krach! Sie haben uns den Bungalow neben dem der Frau des Hotelbesitzers gegeben, die den ganzen Tag im Unterrock rumläuft und manchmal nackt, bis sie von jemandem mit Gewalt etwas übergezogen bekommt, und nachts redet sie immer und manchmal schreit sie sogar. Gestern hat ein Betrunkener in einem anderen Bungalow fast bis zum Morgengrauen Bumsmusik spielen lassen, dass die Wände wackelten und ich kein Auge zugekriegt habe.

Hier an der Küste ist alles seltsam. So anders! Der Hotelbesitzer zum Beispiel, der an die siebzig sein muss, hat eine Nebenfrau, eine ganz junge *Costeña* mit einem Baby. Er hat erwachsene Zwillingssöhne, die gut aussehen, besonders der mit den hellen Augen gefällt mir. Braun gebrannt, hochgewachsen, lockiges blondes Haar, wie aus Gold. Ricardo war völlig weiß, als wir ankamen, und hat sich gleich am ersten Tag einen fürchterlichen Sonnenbrand geholt, weil er zu lange im Wasser blieb. Ihm muss nur das Bettlaken an die Haut kommen, dann schreit er schon. Jetzt liegt er mit Fieber im Zimmer, am ganzen Körper mit Magnesiummilch eingeschmiert, und ich sterbe vor Langeweile. Wenn der Blonde nicht mit seinem Bruder und dem Vater zum Angeln ausgelaufen wäre, dann wäre wenigstens einer da, mit dem ich mich unterhalten könnte.

Aber nein. Ich muss jetzt allein an diesem Strand beim Flugplatz herumlaufen, den mir die Köchin empfohlen hat, weil hier weniger Leute sind, die Ball spielen, weniger kreischende Kinder und weniger Männer mit einer Flasche in der Hand. Tatsächlich ist es hier ruhiger, richtig schön. Nicht zum Baden, denn ich ekle mich vor den Quallen, aber zum Schlendern und Luftschnappen … Oh! Was für ein herrlicher Sonnenuntergang! Armer Ricardo, dass er den verpasst! Wie schön ist doch das Meer!

18 Uhr

Der Vater hatte den Sonnenuntergang auch gesehen, doch ohne viel Gefühl darauf zu verschwenden. Dieser hier hatte es allerdings verdient, dass er zwei oder drei Sekunden länger hinschaute, als er es sonst bei den postkartenreifen Sonnenuntergängen tat, von denen sich die Touristen hinreißen ließen. Wenn er mit seinen Gästen bei einer Flasche zusammensaß, erging er sich zwar in überschwänglichen Betrachtungen der untergehenden Sonne und wurde dabei sogar lyrisch, doch das war Poesie im Dienste des Tourismus, Werbelyrik sozusagen, und hatte nichts zu tun mit seiner eigenen Beziehung zum Meer, in der Hochmut und Hochachtung zusammenkamen. Und wäre es fürs Geschäft nicht schädlich gewesen, dann hätte er mehr als einmal, wenn der Gast schon bei einem Nullachtfünfzehn-Sonnenuntergang ausflippte, am liebsten gesagt: »Wissen Sie, mir gehen diese ewigen Sonnenuntergänge allmählich auf den Sack.«

Mit der sinkenden Sonne hatte die Hitze abgenommen, sodass sich der Vater erholte und wieder Herr der Lage wurde. Er hatte zwar nicht vergessen, wie Mario Vollgas gegeben und später zum Schraubenzieher gegriffen hatte, doch sein starkes Selbstbewusstsein ließ es nicht zu, diese Dinge allzu wichtig zu nehmen. Er glaubte die Gedanken seiner Söhne lesen zu können und hatte deshalb nie Angst vor ihnen gehabt, nicht einmal vorhin, als er ihnen eindeutig unterlegen war. Und Javier sollte sich bloß nicht so viel auf seine intellektuellen Fähigkeiten einbilden. Der Vater war zwar in gewissem Sinne stolz darauf, dass sein Sohn so viel gelesen hatte, und brüstete sich sogar damit – wenn er etwas getrunken hatte und Javier nicht da war, ging er in dessen Bungalow und zeigte seinen Gästen die Bücherstapel –, aber gleichzeitig verachtete er Javiers geistige Neigungen.

Die Sonne war untergegangen, und es begann dunkel zu werden.

»Setz das Scheißding in Gang, jetzt geht das Fischen erst richtig los!«, sagte er.

Mario warf den Motor an und beschleunigte das Boot, diesmal aber ohne heimtückischen Ruck, als habe er den Mut verloren oder als sei man im Boot endlich zur Vernunft gekommen und habe Waffenstillstand geschlossen. Der Vater und Javier begannen, die Utensilien zum Fischen griffbereit auszulegen, um im Dunkeln nicht nach der Zange oder der Kiste mit den Angelhaken und Bleigewichten tasten oder die Taschenlampe anknipsen zu müssen, was die Fische verscheuchen würde. Dabei schaute der Vater immer wieder angespannt ins Wasser, auf der Suche nach einer guten Stelle zum Ankern. Nur einmal schielte er zu Mario hinüber, der mit gerunzelter Stirn am Steuerruder saß und, ohne zu murren, seine Anweisungen befolgte. »Besser so«, dachte er. »Wenn er meutert, schneidet er sich nur ins eigene Fleisch.«

Das Wasser war jetzt schon dunkelblau und würde bald schwarz sein.

»Hier!«, sagte er.

Mario stellte den Motor ab, sie warfen den Anker aus, und der Vater wies Javier an, das mitgebrachte Essen zu verteilen. Sie aßen schweigend. Der Vater kaute und schaute aufs Meer; die Söhne aßen und schauten auf ihre Teller oder auf den Boden des Bootes. Er ließ sich von Javier eine Cola geben, wischte mit der Handfläche über die Flaschenöffnung und trank in großen Schlucken.

»Was sind das für Fischer, die beim geringsten Anzeichen eines Unwetters gleich Schiss bekommen«, dachte er. »Alles bloß Ausreden, um nicht auszulaufen, aber dann das Gejammer, wie arm sie sind. Ich sage ihnen ja immer: Ihr Schwachköpfe, seht ihr denn nicht, dass ihr an einem gedeckten Tisch geboren seid? Ihr müsst nur mal kurz aufs Meer raus, euch einen Fisch schnappen, ihn braten und aufessen. Kochbananen und Reis kosten fast nichts, und die Kokosnüsse fallen euch von den Palmen direkt vor die Füße. Aber sogar dafür sind diese Schwarzen zu faul, und dann machen sie ein Riesengezeter, wenn unsereiner an so einem Tag ausfährt, wo der Sturm doch so weit weg ist, als wäre er in der Guajira oder in Venezuela.«

»Jetzt den Kaffee, ja?«, sagte er zu Mario.

Die Dämmerung ging in Nacht über. Der Himmel füllte sich mit Sternen. An der Sturmfront blitzte es weiter, doch ohne dass Donner zu hören war. Als hätte sich das Unwetter verzogen. Nach dem Kaffee steckten sie die Köder auf und warfen die Angeln aus. Der Vater hatte nicht damit gerechnet, dass schon im nächsten Moment ein Fisch anbeißen und sich so heftig zur Wehr setzen würde. Als er mit allen Kräften an der Schnur zog, damit sich der Angelhaken im knöchernen, fast steinernen Maul des *Sábalo* festbohrte – er wusste sofort, mit was für einem Fisch er es zu tun hatte –, knickte er mit einem Fuß um und schrie vor Schmerz und Wut auf. Javier nahm dem Vater die Angel ab und versuchte, Herr über das Tier zu werden, das, um sich zu befreien, immer wieder aus dem Wasser sprang und dabei etwa zwanzig Meter vom Boot entfernt wie eine irreale Erscheinung in der Dunkelheit schimmerte. Viel realer als der *Sábalo* selbst war das Klatschen, wenn er ins Wasser zurückfiel. Die Schmerzensschreie des Vaters verstummten mit einem Mal, und der Raum wurde beherrscht vom Kampf mit dem Fisch.

»Nicht ziehen, gib Leine!«, sagte Mario. »Sieh zu, dass du ihn immer längs führst! Er soll müde werden, er soll müde werden.«

Der Vater schaltete die Taschenlampe ein und untersuchte seinen Fuß. Der Knöchel schien nicht angeknackst zu sein, aber die Verstauchung schmerzte nicht minder. »Der wird höllisch anschwellen«, dachte er. Und wieder sprang der Fisch und fiel zurück ins Wasser, der Vater schätzte ihn auf mindestens achtzig Kilo. Ihm wurde klar, dass sie sich in einem Schwarm großer *Sábalos* befanden: Überall hörte er das leichte Schlagen ihrer Flossen im Wasser und das Plätschern, wenn sie an der Oberfläche Luft holten. Er war so erregt, dass er sogar fast seine Schmerzen vergaß. Jetzt biss ein Fisch an einer anderen Angel an, der Vater zog mit einem starken Ruck an ihr, um den Fisch fest an den Haken zu kriegen. Er bediente die Bremse an der Angelspule, worauf ihr Sirren abrupt verstummte und der *Sábalo* in etwa fünfzehn Metern Entfernung in die Höhe gerissen wurde und laut platschend ins Wasser zurückfiel. Der plötzliche Ruck übertrug sich auch auf das Fußgelenk des Vaters, der vor Schmerz wieder losfluchte, während Javier weiter mit seinem Fisch kämpfte.

»Hol ihn noch nicht ein!«, rief Mario seinem Bruder zu, der die ganze Zeit in Bewegung war, um den Fluchtversuchen des Fischs um das Boot herum zu folgen. Der Vater schaltete die Lampe wieder an und richtete sie auf Mario. Der hatte gerade den Motor angelassen und wollte dem Fisch mit dem Boot nachsetzen, damit Javier nicht allzu viel Leine geben musste.

»Was soll das, du Idiot!«, schrie der Vater, doch Mario nahm keine Notiz von ihm. »Siehst du nicht, dass mein Knöchel am Arsch ist? Komm gefälligst und übernimm das Scheißding hier!«

»Stell den Motor ab, stell ihn ab, stell ihn ab!«, rief Javier, während er weiter Leine gab.

Der Vater glaubte, dass es Mario gar nicht darum gegangen war, seinem Bruder zu helfen, sondern dass er den Motor angeworfen hatte, um ihm, dem Vater, der wegen des schmerzenden Fußes allein mit dem Fisch nicht fertigwurde, nicht beispringen zu müssen. Mario stellte den Motor ab.

»Hilf ihm!«, sagte Javier.

Mario kletterte behände zum Vater hinüber und riss ihm die Angel aus der Hand. Dabei stieß er den Vater so heftig vor die Brust, dass dieser rücklings in das Fischbett auf dem Bootsboden fiel und der Fußknöchel noch mehr wehtat. Er brauchte ein paar Sekunden, um zu begreifen, was geschehen war. Wenn er gekonnt hätte, hätte er seinen Sohn jetzt totgeprügelt, aber er schaffte es gerade, sich aufzurappeln und wieder auf die Bank zu setzen, wortlos, ein geschlagener Greis. Seine Schmerzen waren sehr stark, und während die Söhne sich mit den *Sábalos* herumschlugen, wurde dem Vater in der anbrechenden Nacht kalt. In seinem Beutel hatte er eine Nylonjacke, aber der Beutel war unter dem Brett am Bug, und dort kam er nicht hin, weil er wegen seines Knöchels nicht aufstehen konnte. Die Söhne waren zu beschäftigt, um ihm helfen zu können, und »der Dreckskerl von Mario würde mir sowieso nicht helfen wollen«, dachte er. Er zog sein durchnässtes Hemd aus, wrang es aus und fröstelte. Das Fußgelenk begann anzuschwellen.

Sein Groll wurde zu kalter Wut. Er schaltete die Taschenlampe an. Holte ein paar Eiswürfel aus der Kühlbox und legte sie auf den Knöchel. Riss sein Hemd in Streifen und verband das Fußgelenk, in der Hoffnung, dass ein fester Verband ihm das Aufstehen erleichtern würde. Aber es schmerzte zu sehr, er musste sich wieder setzen. Die beiden Fische machten weiter ihre Sprünge, um freizukommen, jetzt näher am Boot. Dass sie beim Hochspringen in der Luft glänzten, war reine Einbildung – man konnte sie in der Dunkelheit nicht sehen. Der Vater dachte, dass er mit dem Fuß aufpassen müsse, wenn Mario und Javier ihre Fische an Bord holten – wobei er mit dem Handhaken würde helfen müssen –, denn der Schlag einer Schwanzflosse auf den Knöchel könnte ihn völlig außer Gefecht setzen. Er hob den verbundenen Fuß und steckte ihn in die Kühlbox mit Eis, bis die Kälte so schmerzte, dass er ihn wieder herausnahm. Das wiederholte er ein paarmal. »Ich werde es euch zeigen, ihr Scheißkerle!«, dachte er. Diese Drohung war an alle und alles um ihn herum gerichtet: seine Söhne, die Fische, den Knöchel, das Unwetter und sicher auch an Gott.

Das Unwetter entfernte sich, gleichzeitig wurde es stärker. Die Blitze waren klar gezeichnet und entluden sich mit horizontalen wie vertikalen Verästelungen, während in der Tiefe gestaltloses Wetterleuchten aufflackerte und die geschlossene Hölle aus Blitzen, Regen und Wind erhellte.

Das Unwetter hielt einen Winkel des Universums besetzt. Drum herum war es ruhig, abgesehen von einem schwachen Schimmer dort, wo die Sonne untergegangen war.

19 Uhr

Mario kam der Gedanke, dass er in dem Moment, in dem der *Sábalo* an Bord gehievt würde, Gelegenheit bekäme, seinem Vater in der Dunkelheit noch einmal einen Stoß zu versetzen. Er dachte zwar auch an den Handhaken und dass der Alte, vor Schmerzen außer sich, durchaus fähig wäre, diesen gegen ihn zu erheben. Trotzdem war er entschlossen, es zu tun. Ab und zu schaute er aus dem Augenwinkel zu Javier hinüber, der seinen *Sábalo* mit Geschick bezwungen hatte und ihn jetzt an die Bordseite heranholte. Der Vater hatte sich mit dem Haken zu ihm begeben, um ihm zu helfen, und Mario fragte sich, ob vielleicht auch Javier auf den Gedanken gekommen sei, ihm eins auszuwischen. Da sagte sein Bruder kurz und kalt:

»Lass den Scheiß!«

Javier hatte Marios Absicht erraten, dem Vater weiter zuzusetzen und ihn, wenn nötig, sogar ins Meer zu stoßen. »Jetzt schlägt er sich noch auf die Seite von dem alten Sack …«, dachte Mario, während er die Angelrute senkte, um auf den letzten Sprung des *Sábalo* zu reagieren, damit die Schnur nicht riss, wenn das Tier wieder ins Wasser tauchte. Der Fisch war ein harter Brocken, und Mario hatte es bisher nur geschafft, ihn ein paar Meter näher ans Boot heranzuführen. »… statt dem Kerl eine Lektion zu erteilen, damit er uns endlich für voll nimmt und unsere Mutter anständig behandelt.« Mario musste an sich halten, um in seiner Wut nicht zu stark an der Angelrute zu ziehen und so vielleicht den Fisch zu verlieren.

Plötzlich fing die Spule an der zweiten Angel des Vaters an zu sirren: Ein weiterer Fisch hatte angebissen. Mario sah, wie der Vater die Taschenlampe anknipste, zu seiner Angelrute humpelte, die Schnur durchschnitt und unter Schmerzen zu Javiers Bank zurückkehrte. »Wenn man sie am Haken haben will, machen sie sich los, und wenn man sie nicht brauchen kann, beißen sie an«, dachte er. »Ist auch egal. Die Touristen machen sich nicht viel aus *Sábalo*, wegen der Gräten, und mit diesen zwei Riesendingern haben wir sowieso genug. Teufel, wie stark der zieht!«

Den Plan, den Vater noch einmal umzustoßen, hatte er aufgegeben, denn Javier würde dazwischenfunken, und mit ihm wollte er sich nicht anlegen. Sie waren sich wohl manchmal in die Haare geraten, wie es unter Brüdern vorkommt, aber danach hatte es ihnen jedes Mal so leidgetan, dass sie einem Streit lieber von vornherein aus dem Weg gingen. Sie würden ja noch viele Stunden unterwegs sein, sagte sich Mario, und es würde sich bestimmt eine andere Gelegenheit ergeben, es dem Alten heimzuzahlen. Starrköpfig, wie der Vater war, würde er wegen seiner Verstauchung nicht aufhören mit dem Angeln. »Der wird weitermachen, bis ihm der Scheißfuß am Ende amputiert werden muss«, dachte er. »Klein beigeben kennt der alte Sack nicht.«

»Halt ihn, ich bin schon da«, sagte der Vater.

Als sie noch kleiner waren, hatte er sie oft mitgenommen, wenn er in Montería oder Sincelejo auf der Bank zu tun hatte, damit sie mitkriegten, wie er Geldangelegenheiten erledigte, und dabei lernten. Der Vater hatte sich mit der größten Selbstverständlichkeit in diesen einschüchternden Bankräumen bewegt, die mit einer Klimaanlage eiskalt gehalten wurden, und die Bankdirektoren, die seine Darlehensanträge zu prüfen hatten und meist bewilligten, geduzt. So wuchsen die Kinder in dem Gefühl auf, dass er immer und in allen Belangen überlegen war und stolz darauf, sich nie mit Anzug und Krawatte präsentieren zu müssen, um anerkannt zu sein, anders als die Direktoren und Subdirektoren der öffentlichen oder privaten Einrichtungen, die in seinen Augen doch nur Angestellte waren, Hampelmänner, arme Würstchen.

Mario sah, wie er den Handhaken ergriff und sich, ohne auf die Schmerzen zu achten, darauf vorbereitete, den Fisch an Bord zu hieven. Er dachte, dass das Fußgelenk vielleicht gebrochen sei, und unterdrückte einen Anflug von Mitleid, um sich später nicht ärgern zu müssen, dass er weich geworden war. Er musste sich jetzt seinem Fisch widmen, ihn ermüden, indem er ihn mit der Angel hin und her dirigierte. Obwohl der *Sábalo* keine Sprünge mehr machte, blieb die Schnur mitunter fest gespannt.

In dem Augenblick, in dem Javier und der Vater den anderen *Sábalo*, der an die hundert Kilo wog und mindestens zwei Meter lang war, über die Bordkante hievten, stieß Javier mit dem Vater zusammen, sodass dieser das Gleichgewicht verlor und samt Handhaken und Fisch schreiend zu Boden fiel. Das war nicht absichtlich, sagte sich Mario, denn der Vater rappelte sich gleich wieder auf, verwünschte sein Fußgelenk, schimpfte aber nicht mit Javier und ging auch nicht auf ihn los. Als er wieder auf seiner Bank saß, hörte er auf zu fluchen, umfasste mit der linken Hand das Fußgelenk und leuchtete auf den *Sábalo*, der metallisch glänzend auf dem Boden des Bootes zappelte.

»Was für ein Prachtstück!«, sagte er.

Als Kinder hatten Mario und Javier die Selbstsicherheit, ja Erbarmungslosigkeit des Vaters bewundert. So war er gegenüber dem jungen Mann, der ihm in betrunkenem Zustand seinen Jeep verkauft hatte und sich dann als Sohn eines einflussreichen Politikers und Viehzüchters aus Montería entpuppte, und dessen Versuch, das Geschäft am nächsten Morgen rückgängig zu machen, unnachgiebig geblieben. Er machte ihm klar, dass man für seine Handlungen geradestehen müsse, egal, ob man nüchtern oder betrunken gewesen sei. Und sagte ihm, dass es nichts bringe, über einen Fehler zu jammern, den man im Suff gemacht hat und hinterher bereut, sondern dass man sich der Sache stellen und die Konsequenzen tragen müsse. Obwohl der Verlust ja nicht allzu hoch sei, hatte er hinzugefügt, denn der Jeep sei zu dem Preis zwar billig gewesen, das müsse er zugeben, aber geschenkt nun auch wieder nicht. Und während der ganzen Unterhaltung auf der Veranda seines Bungalows in Playamar, bei der es sehr heftig zuging und der Sohn des Viehzüchters beinahe gewalttätig wurde, schickte er die Zwillinge nicht fort, weil dies ein Gespräch unter Erwachsenen sei, sondern er wollte sie unbedingt dabeihaben, damit sie lernten, wie Männer Geschäfte machen.

Der Widerstand von Marios Fisch wurde schwächer. Der *Sábalo* versuchte nicht mehr zu entkommen und sprang auch nicht mehr in die Luft. Er hatte sich in die Tiefe geflüchtet, und wenn Mario jetzt an der Schnur zog, kam es ihm so vor, als müsse er einen Felsbrocken vom Meeresgrund hochziehen. Abgelenkt von dem, was zwischen Javier und dem Vater geschehen war, oder vielmehr, was zwischen ihnen nicht geschehen war, hatte seine Konzentration nachgelassen, und es war ein Glück, dass die Angelschnur nicht gerissen war. Javier kam an seine Seite und gab ihm Ratschläge, »du musst ihn weiter müde machen, er darf sich nicht ausruhen«, völlig überflüssige Ratschläge, denn Mario wusste genau, was er zu tun hatte. Aus dem Augenwinkel beobachtete er, wie sich der Vater den Verband abnahm, um das Fußgelenk zu untersuchen, und wie er ihn wieder anlegte. Als der Vater ihm dann aber sagte, er solle sich etwas mehr anstrengen, er sei wohl so schwach, weil er sich einen runtergeholt habe, kehrte seine Wut in alter Frische zurück.

»Der Teufel soll den Dreckskerl holen!«, stieß er hervor, war sich aber nicht sicher, ob der Vater ihn gehörte hatte.

Javier hatte ihn jedenfalls gehört, denn er sagte leise zu ihm: »Kümmere dich nicht um ihn! Mach deine Arbeit!«

Während sich der Teil des Himmels, der vom Unwetter nicht getrübt wurde, mit seiner Sternenpracht über ihnen öffnete, waren Vater und Söhne im Boot gefangen wie in einem Brunnen. Mario kämpfte mit seinem Fisch, die alte Wut im Bauch. An der Angelrute spürte er, wie der *Sábalo* wieder zu springen begann. Im Schein der Taschenlampen, die Javier und der Vater auf ihn richteten, schwebte der Fisch einen Moment lang in der Luft, wie ein Mond, etwa zwanzig Meter vom Boot entfernt. Er war größer als Javiers Fisch. Mario war so überrascht, dass er beinahe verpasste, die Rute rechtzeitig zu senken, damit sich die Angelschnur beim Eintauchen des Fischs ins Wasser nicht zu sehr spannte und riss.

»Das wird noch lange gehen«, schätzte Javier.

Der Vater sagte, wenn sein Knöchel nicht am Arsch wäre, wäre er in einer halben Stunde mit dem Fisch fertig, maximal fünfundvierzig Minuten. Die Zwillinge taten, als hätten sie ihn nicht gehört.

»So ein Scheiß!«, sagte Mario, während er die Rute mühsam hochzog. »Der wird und wird nicht müde.«

Von seinen Hassgefühlen abgelenkt, hatte Mario den Fisch wieder zu Kräften kommen lassen. »Denen darf man auch keinen Moment Ruhe geben, sonst geht alles wieder von vorn los«, dachte er. »Wie schnell die sich erholen! Der alte Sack. Ich würde es ihm gönnen, wenn sein Knöchel gebrochen wäre. Glaube aber nicht. Sieh einer an, was er da treibt.« Der Vater hatte seine Taschenlampe eingeschaltet, sich eines der Ruder als Krücke unter die Achsel geklemmt und humpelte zum Kasten mit den Angelhaken. Er kam zurück und begann, einen Haken und ein Bleistück an der Schnur zu befestigen, die er durchgeschnitten hatte.

»Jetzt gibt er wieder etwas nach«, sagte Javier.

Mario kämpfte noch eine gute Stunde mit dem Fisch, und just in dem Moment, als er ihn an Bord hieven wollte, eine Sekunde bevor Javier ihn mit dem Handhaken sichern konnte, riss die Schnur, und mit einem Schlag waren die Spannung und der Fisch weg. Der Vater sagte:

»Hab ich mir doch gedacht, dass du ihn entwischen lässt.«

»Halt's Maul, verdammt noch mal!«, sagte Javier.

20 Uhr

Nora wachte vom Lärm auf, den das rüsselige Beuteltier in seinem Versteck über der Zimmerdecke machte: das Werkzeug ihrer Gerechtigkeit. Die *Mariamulatas* waren schon vor einer Weile verstummt und die Reiher in Richtung der Lagune abgezogen. Die Welt gehörte wieder den Krebsen und den Fledermäusen.

»Wind«, sagte Nora.

Sie fröstelte in der Kälte, die das Klimagerät ausblies.

»Wind«, antwortete der Chor.

Sie schaltete die Nachttischlampe nicht an. Es klopfte an der Tür, und eine der Frauen aus der Küche trat ein und machte das Licht an der Zimmerdecke an. Nora war nackt.

»Licht aus!«, rief sie, und der Chor bekräftigte ihre Anweisung. Die Frau gehorchte sofort.

»Was möchte Doña Nora gern essen?«, fragte sie.

Als keine Antwort kam, sagte sie:

»Es ist noch *Sancocho* übrig.«

»Ja.«

»Soll ich das Klimagerät ausmachen? Und Ihnen ein Laken überlegen?«

»Ja. Nein.«

In fünfzig Metern Entfernung dröhnte das Meer. Hinter dem Duschvorhang drängte sich die Schar, die jetzt Anweisungen gab, was das Känguru mit der hammerförmigen Schnauze –

der Hammer mit den Känguruohren – zu tun hatte, sobald der Moment gekommen wäre. Gehirn. Nur Mut. Gespaltene Schädel. Mut, mehr Mut, immer Mut.

»Ruhe im Saal! Das ist kein Volkstribunal!«, sagte Nora laut, mit fester Stimme.

»Was haben Sie gesagt, Doña Nora?«

»Nichts hat sie gesagt, Doña Lora. Wenn sie nicht doch was gesagt hat … Hihihihi.«

Sie zog sich das Unterkleid an, trat auf die Veranda hinaus und ging zu der Rasenfläche hinunter, wo das Gras nur spärlich wuchs. Die Sterne kamen ihr lose vor, als könnte eine Hand sie jeden Moment wegwischen wie ein Mandala aus Sand. Nora kannte sich aus mit Mandalas, Buddhismus und tibetanischen Mönchen. Ihre Mutter hatte ihr immer vorgehalten, dass sie, die früher einmal mit Hippies ausgegangen war, ausgerechnet einen solchen Rohling geheiratet hatte. Noras Mutter war viele Jahre lang Rektorin einer Mädchenschule in Cali gewesen. Niemand auf der Welt hatte den Vater so gehasst und verachtet wie sie.

»Om, om, om …!«, schrie Nora den Sternen entgegen.

Die Frau aus der Küche konnte mit dieser heiligen Silbe nichts anfangen.

»Dann gehe ich Ihnen jetzt das Essen holen«, sagte sie schließlich und machte sich aus dem Staub, so schnell sie konnte.

Der Chor meldete sich wieder:

»Er hat ihr den Himmel und das Firmament genommen. Er hat sie verlassen und sich zu einer anderen gelegt, hat ihre Söhne ins Verderben geführt.«

»O ja! O weh! Verdammt soll er sein!«

»Jetzt müssen es seine Handlanger büßen, mit ihrem widerwärtigen, weichen, wässrigen, wabbeligen Hirn. Und danach werden ihm die Prinzen das Meer zu einem nassen Grab machen«, sang die Schar. »Still jetzt, die Sklaven kommen.

Auf der Hut sein, sehr auf der Hut sein, immer auf der Hut sein!«

»Jawohl! Hahaha!«, rief Nora aus vollem Hals, doch als sie sah, dass die Frau in Begleitung einer anderen Küchenhilfe zurückkam, fing sie an, ganz leise zu sprechen und so schnell, dass es fast wie eine andere Sprache klang. Die Hotelgäste reckten die Köpfe aus den Fenstern oder traten auf die Veranden ihrer Bungalows. Ein paar Kinder kamen neugierig näher.

»Wenn sie isst, beruhigt sie sich manchmal«, sagte die ältere der beiden Frauen aus der Küche, die schon länger im Hotel beschäftigt war. »Geh und hol den *Sancocho*. Ich halte sie inzwischen bei Laune. Mach den Teller ordentlich voll, die haut ganz schön rein ...! Gib ihr kein Messer und keine Gabel, nur einen Plastiklöffel.«

»Wie will sie dich bei Laune halten, wenn sie nicht einmal ihre Möse bei Laune halten kann«, flüsterte die böse Carlota Nora ins Ohr, die Frau, die die Spuren ihrer Gesichtsoperationen mit dickem, stinkendem Make-up übertünchte. Nora fiel auf die Provokation herein.

»Wie willst du mich bei Laune halten, wenn du nicht einmal deine Möse bei Laune halten kannst!«, schrie sie der Frau aus der Küche ins Gesicht und schockierte damit die Mütter, die das Geschehen draußen zusammen mit ihren Kindern verfolgten. Bestimmt würden sie sich später beim König beschweren, falls der zurückkam.

»Und sag ihr, dass sie sich den Plastiklöffel in den Arsch stecken soll«, fügte Carlota hinzu, und Nora konnte nicht anders, als es ihr nachzusprechen.

Als der Eintopf kam, waren die Kinder schon von der Bildfläche verschwunden, bis auf die, die sich hinter den Kokospalmen und Seemandelbäumen versteckt hatten. Auch die Mütter hatten sich von den Veranden zurückgezogen, nachdem sie entrüstet ausgerufen hatten: »Um Gottes willen! Was sind das für Schweinereien vor diesen unschuldigen Geschöpfen! Jesses, Maria und Josef!« Andere Mütter hatten eingewandt, sie könne ja nichts dafür, die Arme, aber auch sie hatten ihre Kinder in die Häuser geschickt.

Der Eintopf besänftigte Noras aufgewühlte Seele. Erschrocken ob ihrer eigenen Unbesonnenheit, die Folgen haben konnte, löffelte sie mit dem beschämenden Plastiklöffel schweigend die speckigen Kartoffeln, die Yamswurzeln und Fischstücke. »Herrlich, herrlich!«, sagte sie. Von der Zimmerdecke zwinkerte ihr das Kaninchen zu und wackelte mit den Ohren. Ein paar Sekunden lang hielt Nora inne. Von heute an würde ihre Strategie das Vorrücken durch Zurückweichen sein, wie es das Tai-Chi lehrte. Der Eintopf war bald aufgegessen, obwohl der Hunger zugenommen hatte.

»Sie will mehr!«, sagte die Schar. »Königin Sahamarakajanda V. wünscht einen Nachschlag!«

»Wer?«, fragte die neue Küchenhilfe, und ihre Kollegin klärte sie auf: »Das ist sie selbst. Aber wundere dich nicht, hör einfach nicht hin. Sie soll mehr *Sancocho* haben, wenn sie will. Geh und hol ihr noch einen Teller voll. So wird sie schneller müde, und dann kommen auch wir früher ins Bett.«

»Warum steckt man sie nicht ins Irrenhaus?«, sagte ein Schandmaul aus einem Nachbarbungalow. Sicher eine aus Carlotas Clique. Nora wollte sie schon beschimpfen, so wie nur sie schimpfen konnte, aber da tauchte die Frau mit dem Eintopf auf, und der ging vor.

»Immer die Ohren steifhalten«, sagte Nora mit vollem Mund und erhobenem Zeigefinger zu der neuen Küchenhilfe.

»Was haben Sie gesagt?«

»Dass du aus Sahagún kommst.«

»Woher wissen Sie das, *Seño*?«

»Na, siehst du? Für mich gibt es an diesem Golf kein Geheimnis. Außerdem bist du sehr schön.«

»Danke, *Seño.*«

»Du kannst jetzt gehen.«

Die junge Frau aus Sahagún würde vom Blutbad verschont bleiben – von diesem Moment an wurde ihr Pardon gewährt. Als sie mit dem zweiten Teller fast fertig war, wurden Nora die leckeren Wurzelknollen zu viel, so gern sie auch weitergegessen hätte. Sie stand auf, trat wieder auf die Veranda hinaus und schlenderte im Unterkleid zwischen den Palmen, die vom Licht in den Bungalows beleuchtet wurden, zum Strand hinunter. Dort ließ sie sich in der Dunkelheit auf einen Plastikstuhl fallen. Der Eintopf hatte sie müde gemacht, aber sie wollte nicht ins Bett zurück, ohne noch einmal die Gestirne gesehen zu haben, bevor der Wind sie auslöschte und die Welt unterging.

Auch den weißen Schaum der Wellen wollte sie sehen, den sie so schön fand, obwohl ihre Söhne jetzt in ihm gefangen waren, jeder mit seiner Dornenkrone. Die junge Frau aus Sahagún beobachtete sie aus der Distanz und dachte, Nora würde sie nicht sehen. In einer Anwandlung von Großherzigkeit wollte Nora sie schon rufen, damit sie diese Nacht gemeinsam erlebten, die vielleicht die letzte des Universums war, doch sie besann sich anders, weil es ja sein konnte, dass die neue Küchenhilfe nichts als eine hübsch anzusehende Heuchlerin war, die ihr im Auftrag ihres Mannes und der Lakaienregierung nachspionierte. Sie war sich zwar nicht sicher, aber auf dieser Welt, in der alles dahinschwand oder sich in Schmerz verwandelte, war es besser, auf der Hut zu sein, immer auf der Hut zu sein.

Dann tauchten wie aus dem Nichts die Kinder auf, die, mit Taschenlampen und Stöcken bewaffnet, im Rudel schreiend an ihr vorüberrannten, ohne sie zu sehen, und die Krebse totschlugen unter den Sternen.

21 Uhr

Nachdem Javier ihn angeschnauzt hatte, er solle verdammt noch mal still sein, sagte der Vater fast eine Stunde lang kein Wort. Der *Sábalo*-Schwarm war abgezogen, und an den Angelruten blieb es ruhig. Javier brach das Versprechen, das er sich gegeben hatte, bis zum Ende der Ausfahrt kein Marihuana mehr anzurühren, und tastete nach dem Glas in seinem Beutel. Er zog auch eine Stirnlampe heraus, eine von der Art, wie sie die Bergleute benutzen, und schaltete sie ein, um sich die Pfeife zu stopfen. Der Vater sagte nichts, weder wegen des Lichts noch wegen des Marihuanas. Auch Mario protestierte nicht gegen das Licht, das die Fische noch mehr vertreiben würde. Javier nahm drei tiefe Züge aus der Pfeife und steckte sie wieder weg. Er fühlte sich erleichtert. Ohne die Lampe vom Kopf zu nehmen, schaltete er sie aus, um das schwarze Meer, von dem sie umgeben waren, ganz in sich aufzunehmen und dem Schauspiel des fernen Unwetters zuzuschauen. Als Mario einen Fisch herauszog, klang das Geräusch des Wassers wie Musik in seinen Ohren.

»Und?«, fragte Javier.

»Ein Schnapper. Mittelgroß.«

Er nahm Mario und den Vater kaum noch wahr. Die beiden hatten sich in Wesen einer anderen Welt verwandelt, mehr dem Chaos als dem Licht zugehörig, eher Geister als Lebende. Javier atmete dreimal tief durch; das tat er immer, wenn die

Wirkung des Marihuanas umschlug und die Droge ihn in die Dunkelheit und das Grauen hinabzog. Wenn der Vater in diesem Augenblick den Mund aufgemacht und etwas Abfälliges oder Sarkastisches gesagt hätte, dann wäre Javier unweigerlich bis in die Hölle hineingegangen. Doch der Vater sagte nichts. Und so konnte Javier mühsam in diese Welt zurückkehren, in der die Dinge so waren, wie sie aussahen, in der eine Rose eine Rose war und ein Unwetter nur ein Unwetter. Voller Bewunderung betrachtete er das lautlose Aufleuchten dieses Gewitters, das hier und jetzt stattfand, die Blitze, die mal stärker und länger, mal schwächer und kürzer zuckten, als seien sie der Ausdruck ungeheurer, übermenschlicher Regungen. »Ich hab zu viel geraucht, ich darf mich jetzt nicht verlieren«, dachte er und musste sich zusammenreißen, um sich vom Schweigen des Vaters in der Dunkelheit nicht in den Abgrund ziehen zu lassen.

»Gib mir einen Schluck aus der Thermosflasche«, sagte er zu Mario.

Sein Bruder fand sich in der Dunkelheit gut zurecht. Javier hörte, wie er den Kaffee in den Verschluss der Thermoskanne, der auch als Becher diente, goss und zu ihm kam.

»Da«, sagte Mario und reichte ihm die Tasse.

Der Kaffee half ihm, bis zu einem gewissen Grad seine Gelassenheit zurückzugewinnen, obwohl ihn die Bilder der Scheußlichkeit des Lebens immer noch wie glühende Funken ansprangen. Er atmete wieder drei Mal tief durch und wurde ruhiger. Er beschloss, eine Weile mit dem Angeln aufzuhören. Holte seine Angelschnüre ein, als wolle er frische Köder aufstecken, und warf sie ohne Köder wieder aus. Er schaute zum Himmel, in der Hoffnung, eine Sternschnuppe zu sehen, und war glücklich, obwohl er keine sah.

Wenn schon drei tiefe Züge an der Marihuanapfeife genügten, um ihn in solch ein Chaos zu stürzen, wie musste dann erst die Welt der armen Sahamarakajanda aussehen! Manchmal, wenn Javier seine Mutter beobachtete, fragte er sich, ob es in ihrem Leben wohl auch Momente des Glücks gab oder ob sie ständig in einer weiß glühenden Hölle lebte. »Das könnte man eigentlich jeden Menschen fragen«, dachte er. In den Büchern, die er bisher gelesen hatte, kamen selten glückliche Menschen vor. In Shakespeares Werken, die er wie Romane las und von denen er in tiefster Seele berührt wurde, war die flüchtige Befriedigung der Habgier oder eines Rachegelüsts das, was dem Glück am nächsten kam, bevor das Unheil hereinbrach. Irgendwo hatte Javier gelesen, dass man nicht geboren wird, um glücklich zu sein, sondern um die Welt zu bestaunen. Wenn das Glück zu dir kommt, dann kommt es ohne einen Grund, einfach so. »Oder etwa nicht? Schaut nur mich an, wie glücklich ich bin, nachts um halb zehn, in einem Boot mit zwei Kerlen, die einander am liebsten die Schädel einschlügen.«

Er kramte die Zigaretten und das Feuerzeug aus dem Beutel, und der Rauch stieg unsichtbar in die Nacht empor. Er fand sie schön, die Glut der Zigarette, die seinem Vater und seinem Bruder mitten in der Dunkelheit wie ein Glühwürmchen erscheinen musste. Sie waren alle gleich: das Licht eines Sterns, die Glut der Pielroja und das Licht eines Glühwürmchens. Alle gleich unwichtig. Die Menschen waren auch unwichtig. Sein Vater war ein armer Teufel, der sich für einen König hielt, Sahamarakajandus V. Und jetzt war das Fußgelenk des Königs am Arsch und seine Seele nichts als ein Quell giftiger Galle. Er, Javier, war auch nichts, war auch niemand, dachte er.

Und das war der Witz dabei.

Er schaltete die Lampe wieder ein und griff nach einer Flasche Bier im Korb. In der Kühlbox beim Vater hätte es auch Bier gegeben, kaltes Bier, aber da ranzukommen, war ein Problem. Weil der Flaschenöffner auch in der Kühlbox war, schlug er den Kronenkorken an der Kante der Bordwand ab. Ein harter Schlag in der stillen Meernacht. Javier schaltete die Lampe wieder aus und trank das fast warme Bier in kleinen Schlucken, um die Wirkung der Kohlensäure zu mildern, die unangenehm auf der Zunge prickelte und in der Kehle zu viel Schaum bildete. Scharfsinnig, wie er war, konnte dem Vater nicht entgangen sein, dass Javier es vermieden hatte, in seine Nähe zu kommen. »Er ist wie der Kerl in dieser Geschichte, der eingemauert werden soll. Der sagt auch kein Wort mehr, sobald er merkt, dass es ihm an den Kragen geht«, dachte Javier und versuchte, die wieder aufkeimenden dunklen Gedanken abzuschütteln, indem er sich dem Sternengewebe am Nachthimmel zuwandte und die sanfte Hochstimmung genoss, die das Bier erzeugte. Er schaltete die Lampe wieder ein und schaute auf die Uhr. Zwanzig vor zehn. Der Vater hatte seit fünfzig Minuten kein Wort mehr gesagt, und Javier war drauf und dran, ihn nach seinem Fußgelenk zu fragen, tat es aber nicht. »Was geht mich das an, wie es seinem Knöchel geht«, dachte er.

»Was soll der Quatsch mit dem Licht?«, sagte Mario, und Javier schaltete die Lampe aus.

Wieder war zu hören, wie ein Fisch an Bord gezogen wurde, und Javier konnte nicht umhin, so etwas wie Bewunderung für seinen Vater zu empfinden, der trotz aller Widrigkeiten nicht aufgehört hatte, schweigend weiterzuangeln. Dann war der Schlag der Keule zu hören, und Javier dachte, dass Gott bei der Erschaffung des menschlichen Affen schlechte Arbeit geleistet hat. »Sein ganzes Leben verbringt er damit, Schweine abzustechen, Hühnern die Köpfe umzudrehen und Fische mit Keulenhieben zu erschlagen. Und danach alles aufzuessen.« Obwohl seine Einstellung weniger streng und naiv als Marios war, war sich Javier stets der Grausamkeit der Schöpfung bewusst. Nicht dass er Mitleid mit den Tieren gehabt hätte – denn die Dinge waren nun mal so, und was bedeutete schon ein Huhn? –, aber diese monströse Schlachterei widerte ihn aus ästhetischen Gründen an. Und außerdem, wenn Gott in puncto Gerechtigkeit schon keine Skrupel kannte, war es dann nicht auch ihnen erlaubt, im gegebenen Moment so zu handeln, wie sie wollten? Zu einer solchen Situation war es natürlich noch nie gekommen, zumindest nicht in einem Fall, in dem es um schwerwiegende Dinge ging, aber wenn man frei ist in der Entscheidung, andere zu respektieren, dann ist man doch genauso frei, diese Wahl nicht zu treffen, oder?, dachte Javier.

Javier merkte, wie sich seine Gedanken unaufhaltsam in einem Labyrinth verloren, in dem es keinen Kompass gab und in dem Mord gefällig wurde. Die Geräusche, die vom Vater herüberkamen, beschäftigten ihn immer mehr, und er spitzte die Ohren, um sie zu deuten: Eben hat ein Fisch beim Vater angebissen, dann hat er einen neuen Köder auf eine Angel gesteckt, an einer anderen Angel hat ein Fisch den Köder gestohlen, jetzt lehnt der Vater wahrscheinlich an der Bordwand, um ins Meer zu pinkeln ... Es gab Geräusche, die Javier nicht gleich zuordnen konnte, wie etwa, wenn der Fuß wieder in die Kühlbox mit Eis und Fischen gesteckt wurde, oder das Gluckern aus der Wasserflasche, wenn der Vater trank. Manchmal war da auch ein Murmeln, das fast verständlich, aber nicht eindeutig war, als ob der Vater »verdammter Knöchel« gesagt hätte oder vielleicht »wenn der verdammte Knöchel nicht wäre«, ein Murmeln, von dem Javier nicht sagen konnte, ob er es wirklich hörte oder nur zu hören glaubte, weil sein Vater es dachte. Außerdem verschmolzen alle Geräusche mit dem des Wassers, das an den Bootsrumpf klatschte, und wurden flüssig und zeitlos. Doch dann war, diesmal eindeutig, die Stimme des Vaters zu hören, als sei er endlich von den Toten auferstanden:

»Jetzt hab ich dich!«

Der Vater schaltete seine Taschenlampe ein und begann, ohne aufzustehen, mit dem Fisch zu kämpfen, einer der größten Zackenbarsche, die Javier je gesehen hatte. Zweihundert Kilo, wenn nicht mehr. Aber auch dieser Fisch sollte nie im

Boot landen. Obwohl beide Söhne anboten, ihn zu übernehmen, ließ sich der Vater nicht helfen und reagierte nicht einmal auf ihr Angebot. Er kämpfte lange allein mit dem Fisch, schnaubend und fluchend auf seiner Bank, bis er ihn, als er ihn schon am Bootsrumpf hatte, am Ende doch verlor – als hätte sich der Fisch bloß heranholen lassen, um sich im Schein der Lampen in seiner ganzen Pracht zu zeigen. Und um dann triumphierend in der Weite des dunklen Wassers zu verschwinden, das mit zunehmender Stärke an die Bootswände schlug.

»Gut gemacht, alter Sack. So lange ziehen, bis sie reißt«, sagte Mario nicht gerade leise, nachdem er seine Taschenlampe ausgeschaltet hatte.

22 Uhr

In dieser Nacht lag ich lange wach. Ich war es nicht gewohnt, in einer Hängematte zu schlafen, und auch nicht, mit so vielen Menschen unter einem Dach. Ich bin der Tourist, der mit seiner Frau und seinem Kind zum Zelten auf die Insel gekommen ist. Ich war ziemlich aufgewühlt. Meine Frau und ich hatten uns bei Anbruch der Dunkelheit gestritten, denn wenn die Dinge nicht so laufen, wie sie sollen, werde ich unausstehlich, sagt sie, und ich hatte keine Lust gehabt, wegen des aufkommenden Gewitters unseren Zeltplatz am Strand zu räumen. Unter diesen Umständen hätte sie mich nicht zu sich in die Hängematte gelassen, und auch wenn ich sie rumgekriegt hätte, wäre die Sache viel zu schwierig gewesen, denn ich beherrsche die Liebestechnik nicht, wenn man frei in einem Stück Stoff hängt, und der Lehmfußboden kam nicht infrage. Um mich abzulenken, lauschte ich dem Donnergrollen in der Ferne und rauchte.

Ohne die Menschen zu beachten, die in den anderen Räumen in Hängematten und auf Feldbetten schliefen – wie in einem Flüchtlingslager –, ging ich nach draußen. Mit der Taschenlampe leuchtete ich mir den Weg durch den Mangrovenwald zum Strand, wo wir das Zelt aufgeschlagen hatten. Ich wollte die Blitze und die Sterne, die sich jetzt das Himmelsgewölbe teilten, in ihrer Gegensätzlichkeit erleben. Wie winzig kommt man sich mit seinen Aquarellen und Kohlezeichnungen vor, wenn man vor so etwas steht! Nur die Großen wie Turner können es wagen, die Gesamtheit zu malen; wir anderen können höchstens danach streben, Teile zu erfassen, in der Hoffnung, dass sich ein Funke der Gesamtheit darin widerspiegelt.

Auf dem Meer waren keine Lichter zu sehen. Die Kutter der Fischfangflotte waren im Hafen von Tolú geblieben, denn man wollte kein Risiko eingehen, falls sich das Unwetter entscheiden sollte, den Golf und seine Umgebung heimzusuchen. Und danach hatte die Hafenbehörde auch das Auslaufen der kleineren Fischerboote verboten. Das hatte mir Javier erzählt, der junge Mann von den Cabañas Playamar, der mit den Büchern, dem ich dann im Laden auf der Insel wiederbegegnet bin, als er Bier kaufte.

»Ich wette, das wird einen höllischen Sturm geben«, hatte er gesagt.

»Und trotzdem fahrt ihr raus?«, hatte ich gefragt, und er hatte mit der heroischen Attitüde der Antioqueños, aber in der Mundart eines Küstenbewohners zurückgegeben:

»An irgendetwas muss man schließlich sterben. Wir sind nicht auf der Welt, um ewig zu leben, oder? Außerdem: Wer hätte den alten Sack schon davon abhalten können?«

Ich hatte ihn gefragt, was er gerade las, und dann hatten wir über nichts Geringeres als *Macbeth* gesprochen. In diesem Kramladen, in dem es um diese Tageszeit so heiß war, dass der Milo-Kakao fast in der Dose schmolz, hatte Javier, braun gebrannt, barfuß, ohne Hemd, nur in gelben Shorts und einer Kappe der New York Yankees, mit atemloser Begeisterung von der Szene gesprochen, in der Lady Macbeth ihre blutverschmierten Hände wäscht. Bei der zweiten Flasche Bier waren wir zu *König Lear* übergegangen, der ihn offenbar so sehr beeindruckt hatte, dass er nach ein paar aufgeregten Sätzen (»Der Alte ist doch bescheuert gewesen, oder was meinst du?«) ganz still wurde, als würde er weiter über die Sache nachdenken.

Vielleicht war ihm auch eingefallen, dass er erwartet wurde, denn er hatte sein Bier schnell ausgetrunken. Javiers Kommentare zu der Tragödie waren keineswegs besonders intellektuell gewesen. Er war einfach nur darüber erstaunt, was der König alles über sich hatte ergehen lassen. »Ich muss los, David, das nächste Mal reden wir weiter. Mach's gut«, hatte er zum Abschied gesagt.

Da saß ich also, dem Haus entflohen, in dem ich das Gefühl hatte, zu ersticken, ruhig am Strand und rauchte. Meine Frau war relativ weit weg und meine Erektion abgeflaut. Die Nacht war noch schwärzer geworden, das Unwetter hatte den Himmel verschmiert und ohne Sterne zurückgelassen. Irgendwo da draußen waren die drei in ihrem Boot und spürten, wie die Wellen immer stärker wurden und wie ihnen der aufkommende Sturm den Atem des Todes in den Nacken blies.

Wir sind die Touristen.

Ich bin es wieder, Yónatan, der Enkel von Doña Libe, der die Bungalows dort unten gehören. Ich bin acht Jahre alt, aber nur so groß wie ein Siebenjähriger, was nicht heißt, dass ich auf den Kopf gefallen wäre. Wir haben den ganzen Abend Krebse gejagt, und davon habe ich einen Riesenhunger bekommen. Meine Oma hat am Strand auf mich gewartet. »Um Gottes willen, Yónatan, wo hast du nur gesteckt!«, sagte sie. »Du siehst doch, was da für ein Sturm aufkommt! Und hast nichts Besseres zu tun, als mit diesen Eseln am Strand rumzurennen. Wenn dich so eine Riesenwelle erwischt, hast du nicht einmal mehr Zeit für ein Stoßgebet.«

Ein Stoßgebet ist zum Beispiel: »Ehre sei Gott in der Höhe«, denn wenn du am Strand so vor dich hin gehst und gerade bis »Ehre sei Gott …« gebetet hast, dann kommt, rums, Gott auf einer himmelhohen Welle und reißt dich fort. Meine Oma sagt, über Gott macht man keine Witze. Ich hatte mit anderen Jungen verabredet, dass wir uns am Abend, sobald der Sturm die Küste erreicht hätte, hinausschleichen würden, um uns die Wellen anzuschauen, die so hoch wie ein zweistöckiges Haus sein sollen. Aber daraus wurde nichts. Ich wachte erst am nächsten Morgen auf, und als ich aus dem Fenster schaute, war der Strand mit Holzstücken übersät und mit Müll. Alle sagten, es hätte schlimmer kommen können, aber es war sogar Spielzeug angeschwemmt worden. Ich ging im Pyjama zu den Kindern des Hausmeisters rüber, und dann bestaunten wir all die Sachen, die das Meer uns gebracht hatte. Ich fand einen aufgeschlitzten, völlig ausgeblichenen Darth-Vader-Helm, und meine Oma sagte, mit dem sehe ich aus wie ein Pilz …

Und ich bin Johanna. Die mit ihrem Freund hier ist, der gleich am ersten Tag einen fürchterlichen Sonnenbrand bekam, weil er so blöd war, ohne T-Shirt und ohne sich einzucremen, ins Wasser zu gehen. Wo er doch so eine empfindliche Haut hat, die weißer ist als Porzellan. Von dem, was über die drei Fischer geredet wurde, habe ich nicht viel mitbekommen, weil ich mich um Ricardo kümmern musste. Er hatte Fieber und fantasierte, man solle ihn nicht sterben lassen. »Von einem Sonnenbrand stirbt man doch nicht, du Dussel, auch wenn es noch so brennt«, sagte ich zu ihm, aber er hatte panische Angst, weil er geträumt hatte, er würde von einer Horde Schweine verfolgt. Das hatte bestimmt auch mit dem Geschrei der Verrückten zu tun, der Frau des Hotelbesitzers, die mitten in der Nacht anfing, ganz laut eine gewisse Carlota zu beschimpfen, und sie eine schweinische Drecksau nannte. Ich ging zur Rezeption, um mich zu beschweren und nach einem Arzt für Ricardo zu fragen, aber von wegen Rezeption, denn die Rezeption ist der Bungalow des Besitzers, und der war ja mit seinen Söhnen auf dem Meer, dieser Idiot. Alle sagten, sie würden ertrinken.

Da kam die Köchin, die ausnahmsweise in einer Hängematte in der Küche schlief, um in der Nähe der Verrückten zu sein, die an diesem Tag besonders durcheinander war, und die Köchin sagte, der nächste Arzt sei in Tolú, aber wegen einem Sonnenbrand brauche man keinen Arzt, und zu zweit hoben wir den armen Ricardo dann aus dem Bett und schleppten ihn ins Bad, um sein Fieber mit kaltem Wasser zu senken. Er war so weggetreten, dass er sich nicht einmal über die blauen Flecken beklagte, die wir ihm auf dem Weg zur Dusche zufügten.

Wir gaben ihm zwei extrastarke Aspirin, und das half. Er schlief so fest, als läge er im Koma. Etwas später kam der Sturm auf, und mit ihm kamen diese Blitze, die einen Toten wieder zum Leben hätten erwecken können, und die Wellen, deren Brandung so laut dröhnte, als brächen sie direkt vor der Haustür. Tatsächlich floss das Meerwasser in Sturzbächen zwischen den Bungalows hindurch, aber von alldem bekam Ricardo nichts mit. Das Wasser stieg sogar in unsere Cabaña, zwar nur wenig, denn die Bungalows standen etwas erhöht auf einem Betonsockel, aber ich hatte Angst, dass es noch höher steigen könnte, zündete eine Kerze an, denn der Strom war ausgefallen, und stand auf, um das Meer mit dem Besen nach draußen zu kehren.

23 Uhr

Um mich kleinzukriegen, sind mehr als zwei Schlappschwänze und ein paar beschissene Wellen nötig«, denkt der Vater. Auch wenn ihn das Gelenk stark schmerzt, ist er es überdrüssig, den Fuß zu heben, um sich in der Kühlbox, in der jetzt nur Fische und kaum mehr Eis und kaltes Wasser sind, Linderung zu verschaffen; er hat den Schmerz angenommen, als sei er mit ihm schon auf die Welt gekommen. Hin und wieder richtet er sich auf und benutzt das Ruder als Krücke – nicht um sich nützlich zu machen (denn er kann alles genauso gut im Sitzen tun), sondern um sich zu vergewissern, dass er nicht völlig hilflos und damit seinen Söhnen ausgeliefert ist.

Und plötzlich wimmelt es wieder von Fischen um sie herum. Der Vater und die Söhne holen Seebarsche aus dem Wasser, Stachelmakrelen, Rotbarben, Bonitos. Kaum haben sie die Köder an die Haken gesteckt und die Angelschnüre ausgeworfen, müssen sie sie schon wieder einholen. Der Boden des Bootes, auf dem zuletzt nur noch die großen Fische lagen – die anderen sind, ausgenommen, in den Kühlboxen gelandet –, bedeckt sich wieder mit mittelgroßen Fischen, die in der immer dunkler werdenden Nacht zappelnd nach Luft schnappen. Zusammen mit der neuen Beute müssten sie jetzt 300 Kilo haben, schätzt der Vater, das Ziel sind 400. Am Himmel leuchten keine Sterne mehr, die Nacht ist so schwarz geworden, dass sich die drei Männer nicht einmal mehr gegenseitig sehen können. Der Vater riecht zuerst den Marihuanarauch und dann den einer Pielroja-Zigarette. Er selbst hat nie geraucht und verabscheut solche Laster. Seinen Hang zum Alkohol sieht er nicht als Schwäche, sondern als Pflicht, denn ohne Schnaps bleibt er einsilbig, mit Schnaps aber wird er redselig, und als Gastwirt muss man sich in der Beziehung eben etwas anstrengen.

Er fröstelt in der kalten Luft. Die Wellen heben das Boot immer höher, die Blitze kommen näher und werden lauter. Als Javier sagt, wenn sie jetzt auf der Stelle zurückführen, könnten sie dem Sturm noch entkommen und es ohne Probleme bis zum Strand des Hotels schaffen, verbeißt sich der Vater in seinen Vorsatz, weiter zu angeln, bis sie so viele Fische an Bord hätten, wie er es sich vorgenommen hatte. In weniger als zwei Stunden, schätzt er, wären sie so weit, und außerdem sei es ja möglich, dass der Sturm einen Bogen um sie macht. Wenn es je die geringste Chance gegeben hatte, den Vater zur Kapitulation vor dem Sturm zu bewegen, dann hatte Javiers respektloses »jetzt auf der Stelle« sie zunichtegemacht. »Auf der Stelle? Ich werd dir zeigen, was ich davon halte, du Hosenscheißer!«, denkt der Vater voller Hass.

»Wirklich auf der Stelle?«, sagt er laut, aber seine Wut ist so groß, dass ihm das Gift, das er ausspucken will, in der Kehle stecken bleibt.

»Um mich zum Aufgeben zu bringen, bevor ich überhaupt einen Spritzer abgekriegt habe, dazu braucht es mehr als zwei Versager, die mit sechsundzwanzig immer noch nicht auf eigenen Füßen stehen. Ihre Mutter hat sie auf dem Gewissen, weil sie sie verwöhnt hat, das ist der Kern des Problems. Wäre doch ein Wahnsinn, jetzt umzukehren, wo die Fische uns fast von selbst ins Boot springen!« Der Vater schert seine beiden Söhne immer über einen Kamm, wenn er sie verurteilt, und zögert keinen Moment, sie feige zu nennen, obwohl klar ist, dass es Mario wenig ausmachen würde, nach dem Sturm zwischen abgerissenen Ästen und Plastikmüll bäuchlings im Wasser zu treiben, und dass Javiers berechtigte Sorge nichts mit Panik zu tun hat. Aber über seine Söhne schlecht zu denken, ist ihm zur Gewohnheit, ja fast zum Zeitvertreib geworden, egal, wie die Wirklichkeit aussieht. Dass sie mit sechsundzwanzig noch nicht selbstständig sind, gibt ihm, wie er meint, das Recht dazu.

Javier erwidert nichts. Der Vater beruhigt sich, indem er sich auf seine Angeln konzentriert, und ist so von seiner Einschätzung der Lage überzeugt, dass er keinen Gedanken mehr an das anrückende Unwetter verschwendet und auch nicht an die Gefühle seiner Söhne, die er wie Windböen auf der Haut spürt. In seinem Fußgelenk pocht es. Das Licht von Javiers Stirnlampe geht an: Er muss einen Angelhaken, den ein Fisch gerade abgerissen hat, erneuern. Der Vater wirft einen geringschätzigen Blick auf seinen Sohn. Die herankommenden Wellen sind jetzt höher, aber immer noch träge, und wenn das Boot in ein Wellental sinkt, rutscht der Magen noch nicht in den Hals. Der Vater hat alle Hände voll zu tun mit seinen Fischen, er fängt viel mehr als seine Söhne, denkt er, denn die geben sich ja keine Mühe vor lauter Angst abzusaufen, so jung und so schlapp, wie sie sind, ohne Antrieb, ohne Willenskraft. »Und jetzt raucht er schon wieder«, denkt er, als er im Licht von Javiers Stirnlampe den Rauch sieht.

»Das Licht!«, sagt Mario. Es vergehen ein paar Sekunden, ohne dass Javier die Lampe ausschaltet. »Mach das Licht aus, du Trottel! Du spinnst wohl!«

Der Vater spürt, wie das Fieber immer höher wird. Er zittert. Bevor das Licht ausging, konnte er die Wassermassen erkennen, die unter dem Boot steigen und sinken. Vielleicht liegt es am Fieber, dass er sie gleichzeitig bewundert und verachtet. Wenn er in Playamar abends mit seinen Gästen *Aguardiente* trinkt, erzählt er ihnen gern, dass er großen Respekt vor dem Meer hat; aber das sagt er nicht, weil er wirklich Respekt vor dem

Meer hat, sondern weil es ein Spruch ist, der sich gut anhört und der außerdem dem Klischee entspricht, das die Touristen aus Antioquia erwarten und das sie wie ein Souvenir mit zurück in ihre Berge nehmen, um es den staunenden Menschen zu erzählen, die noch nie am Meer waren.

Bevor er die anderthalb Hektar für das Hotelgelände kaufte, hatte sich der Vater mehrere Monate lang in der Gegend umgesehen. Für ihn war und blieb es ein Rätsel, dass die Leute aus Medellín Gefallen daran fanden, sich auf heißem Sand von der Sonne rösten zu lassen. Doch das kümmerte ihn nicht. Was er aber schnell begriff, war, dass dieses Verlangen so stark und unaufhaltsam war wie der Trieb der Meeresschildkröten, Eier in den Sand zu legen, dass die Besitzer der Cabaña-Hotels reich geworden waren und dass es nichts gab, was ihn daran hindern könnte, es ihnen gleichzutun. Also sah er sich die Palmen an, den weiten Strand, vergewisserte sich, dass er leicht an Grundwasser kam, errechnete, wie viele Bungalows er sich zunächst leisten konnte, kaufte das Land und baute die ersten drei Cabañas, die sich bald bezahlt machten und das Kapital für den Bau von sieben weiteren erwirtschafteten. Obwohl Nora und die Jungen bei ihm waren und Nora noch nicht krank war, ließ er seine Frau nie an seinen Unternehmungen teilhaben, sondern verhielt sich in allem, als wäre er allein.

Die Farbe des Meeres, der weiße Strand, die an seinem Hotel vorbeiziehenden Pelikane gefielen ihm natürlich, aber einige Gäste wiederholten so oft, wie zauberhaft dieses Fleckchen Erde sei, dass ihm das ewige Lob allmählich auf die Nerven ging, ja, ihn fast anwiderte, als habe jemand etwas Unanständiges gesagt. Und obwohl er, ohne zu zögern, bereit wäre, das Hotel zu verkaufen, wenn ihm jemand einen guten Preis zahlen würde, hing er an ihm und kümmerte sich bis zu einem gewissen Punkt liebevoll darum. Da eine ökologische Note gut fürs Geschäft ist, bestückte er einige Palmen mit grünen

Abfalleimern aus Plastik und brachte in den Duschen der Bungalows Schildchen an: »Bitte gehen Sie sparsam mit dem Wasser um – es gehört uns allen.« Aber er war Realist und sparte sich die Kosten für eine weitere Sickergrube, indem er das Abwasser der beiden hintersten Cabañas direkt in den Mangrovensumpf leitete. Der Abwassergeruch war in diesen Bungalows deutlich wahrnehmbar, aber nur wenige Gäste beschwerten sich. Die meisten dachten, Meeresluft rieche eben so.

Nicht weit vom Boot schlägt ein Blitz ein und hüllt es in sein quecksilbriges Licht. Der Vater ist geblendet und betäubt. In der tiefsten Schwärze der Nacht, die auf den Blitz folgt, fröstelt er im Fieber und klappert mit den Zähnen.

»Lass mich gefälligst in Ruhe, ja?«, sagt er zum Blitz oder zu dem, der für den Blitz verantwortlich ist. »Du denkst wohl, du kannst mich einschüchtern mit diesem Spektakel. Irrtum! Du hast es hier mit einem echten Mann zu tun!«

Während das Boot von einer Welle emporgehoben wird, beginnt der Vater, eine seiner Angelschnüre einzuholen. Er hat einen riesigen Fisch am Haken, vielleicht einen Barrakuda – obwohl ihm das ruckartige Ziehen an der Schnur merkwürdig vorkommt: als sei die Hand eines Menschen am anderen Ende oder eine übernatürliche Kraft. Während er mit dem Fisch beschäftigt ist, merkt der Vater nicht, dass die Wellenberge immer höher und die Täler dazwischen immer tiefer werden. Die Angst, die er nie vor dem Sturm gehabt hat, hat er jetzt vor dem Fisch. Von seinem Fußgelenk steigen Blitze aus Schmerz auf, doch sie kümmern ihn so wenig wie die des Gewitters, die in der Nähe einschlagen und das Boot für Sekunden erhellen. Was er da aus dem Wasser zu ziehen versucht, hält ihn in seinem Bann und beunruhigt ihn, aber er kann nicht aufhören, die Angelschnur weiter einzuholen, auch wenn er die Rute aus Angst am liebsten losgelassen hätte, damit sie zusammen mit dem Fisch im Abgrund verschwände und er seine Ruhe hätte.

Sein Stolz und sein Mut erlauben ihm nicht aufzugeben. Plötzlich wird die Angelschnur schlaff, als sei sie gerissen oder als habe der Vater nie einen Fisch an der Leine gehabt. Doch schon im nächsten Moment ist der brutale Widerstand wieder da, und er muss die Rute mit aller Kraft festhalten, damit der nächste Ruck sie ihm nicht aus den Händen reißt. Ist das wieder ein riesiger Zackenbarsch?

Es gibt Dinge, die der Vater nicht mehr hört. Er hört Mario nicht, der Javier fragt, was mit dem alten Sack los sei, und hört Javier nicht, der antwortet, er sei im falschen Moment krank geworden. Er hört Javier nicht, als er zu Mario sagt, wahrscheinlich sei sein Fußgelenk gebrochen, und auch nicht, als Mario antwortet: Es soll abfaulen, vielleicht wäre ihm das eine Lektion. Möglich, dass die Zwillinge auch einander nicht immer hören können, weil es jetzt ununterbrochen donnert, obwohl Blitz und Donner noch nicht direkt über ihnen sind und Wind und Regen noch nicht eingesetzt haben. Vor allem aber hört der Vater nicht, als Javier sagt, es sei besser, sie kehrten um.

Plötzlich ist er allein. Die Schmerzen im Fußgelenk sind weg, sind außerhalb von ihm, wie Blitz und Donner; die Söhne sind verschwunden. Aus dem Abgrund steigt etwas an die Oberfläche, kommt auf ihn zu, etwas, das der Vater nicht kennt und das ihm einen Schrecken einjagt, gleich wird es ins Boot klettern. Ein Fisch ist es nicht. Er fantasiert. Die hohen Wellen haben die Grenzen verwischt, er weiß nicht mehr, dass sie sich nicht über einem Abgrund befinden, sondern kaum fünfzehn Meter über einem Korallenriff. »Ich lasse mich von euch nicht unterkriegen, ihr Scheißer«, sagt er mit einer Stimme, die fest sein will. Aber sie zittert vor Angst. Selten hat er Angst gehabt in seinem Leben.

Mitternacht

Mario hörte, wie der Vater mit fiebriger Stimme in der Dunkelheit wirre Selbstgespräche führte, und war ratlos. Wie sollte es weitergehen? Sein Bruder knipste die Lampe an, und Mario sah, wie der Vater hastig eine seiner Angelschnüre durchschnitt, erschrocken zurückwich und auf der anderen Seite des Boots über Bord ging. Javier war mit einem Satz bei ihm, packte ihn an den Armen und zog ihn ins Boot zurück, das sich gerade auf dem Kamm eines Wellenbergs befand.

»Los, wir fahren zurück!«, sagte Javier, und Mario ließ den Motor an, der im Donner fast nicht zu hören war.

Von der Stelle, an der sie sich befanden, bis zum Hotelstrand waren es zwei Stunden, unter normalen Bedingungen. Jetzt konnte niemand sagen, wie lange sie brauchen würden. Anderthalb Stunden, wenn sie mit den Wellen fuhren; vier Stunden bei Gegenwind; oder eine Ewigkeit, wenn der Sturm sie voll erwischte. Auf jeden Fall würden sie um die Inseln herumfahren müssen, um in tieferem Wasser in den Golf zu gelangen. Mario war von einer ungewohnten Euphorie erfüllt, nicht so sehr, weil ihn die Niederlage des Vaters freute, die er unter den herrschenden Bedingungen kaum auskosten konnte, sondern weil er spürte, dass die Welt jetzt am Ruder seines Evinrude hing.

Mario sah, wie Javier, ohne sich mit irgendwem abzustimmen, die Kühlboxen mit den Fischen über Bord warf und danach die großen Fische, die auf dem Boden des Boots lagen. Er sah, wie er sich dann hinsetzte und den Strahl der Lampe auf den Vater richtete, der, den Kopf zwischen den Händen, am Bug saß und mit vor Entsetzen heiserer Stimme von einem Ungeheuer faselte, und wie er ihn immer weiter anleuchtete, als fürchte er, der Vater könnte sich jeden Augenblick ins Meer stürzen. »Jetzt macht er auf braven Sohn, der Schleimer, schaut euch das an«, dachte er.

Von Marios und Javiers Lampen und vor allem von den ständigen Blitzen erhellt, schlingerte das Boot durch die Wassermassen, die sich hoben und senkten, die Schwärze am Himmel suchend und gleich darauf wieder vom Meeresgrund angezogen. Marios Instinkt sagte ihm, wie er die Wellen in der Dunkelheit zu nehmen hatte, und er wusste, dass er ein besserer Bootsführer als der Vater war, auch wenn es niemand anerkannte. Seit er sich erinnern konnte, hatte er sich im Meer bewegt: auf Baumstämmen, als er noch ganz klein war; dann auf Flößen, die er und andere Kinder sich zusammenbauten und auf denen sie im seichten Wasser mit Mangrovenstangen vorwärtsstakten; auf Flößen mit selbst gemachten Segeln; in Kanus mit Rudern, in Kanus mit Segeln, in Segelbooten und in Motorbooten. Doch wenn er mit dem Vater unterwegs war, fühlte er sich durch dessen Gegenwart gehemmt und machte manchmal große Fehler, die ihm unter anderen Umständen nie passiert wären.

»Alter Sack«, murrte er in solchen Momenten vor sich hin.

»Alter Sack«, dachte er jetzt. Die Wellen waren hoch wie Häuser, aber breit wie Baseballfelder, und durch diese Weitläufigkeit wirkten sie sanft. Auch wenn er nichts sagte, dachte Mario, dass es falsch von seinem Bruder gewesen war, den gesamten Fischfang über Bord zu werfen. Er war schon mit schlimmerem Seegang fertiggeworden. Natürlich konnte der Sturm noch stärker werden, aber das war noch lange nicht gesagt. »Mit dem Marihuana erscheinen einem die Dinge manchmal größer, als sie sind, auch die Probleme«, dachte er. »Jetzt sind mindestens 300 Kilo futsch.«

Auch mit Javiers Entscheidung umzukehren war Mario nicht einverstanden. Dass er Javier dennoch, ohne zu protestieren, Folge leistete, lag an der Lust, das Boot durch die schwere See zu steuern. Als sie sich einmal auf dem Gipfel eines Wellenbergs befanden, glaubte Mario, in der Ferne die Lichter einer Insel zu sehen. Sinnlos, Javier zu fragen. Der Vater hätte sie mit seinen Adleraugen erkennen können, aber schaut nur, wie er da liegt: ein Häufchen Elend. Trotz der Hochstimmung, in der er sich befand, konnte Mario eine gewisse Betroffenheit über den Zustand seines Vaters nicht unterdrücken. Weder er noch Javier hatten ihn je so am Boden gesehen, auch nicht die seltenen Male, die er zu viel getrunken hatte oder krank war. Der Anblick rief bei Mario eine Mischung aus Abscheu, Furcht und Mitleidlosigkeit hervor, ähnlich dem, was man empfindet, wenn man einen tollwütigen Hund im Sterben liegen sieht. Wieder wurde das Boot emporgehoben, und diesmal war sich Mario sicher, dass er die Lichter einer Insel sah, der ersten, auf der sie angelegt hatten, um Bier zu kaufen. Er rief es seinem Bruder zu.

»Ja, wir müssen um sie herumfahren«, gab Javier zurück.

Mario machte einen Bogen um die Inseln, bevor er wieder Kurs auf den Golf nahm. Er glaubte zu hören, wie sich die Wellen an den nahen Riffen brachen. Bestimmt würden die Inseln überflutet und die Touristen in ihren Zelten mitten in der Nacht vom Meer überrascht werden. »In Playamar wird das Meer in den Mangrovenwald laufen, wie immer«, dachte er. »Und die Verrückte wird bei dem Donner durchdrehen.«

Er musste das Boot zunächst meereinwärts steuern, dort war das Risiko geringer, in den sich brechenden Wellen zu kentern.

Sie kamen nur langsam vom Fleck, denn das Boot fuhr gegen die Wellen, aber sobald sie in tieferem Wasser waren, drehte Mario bei und steuerte wieder in Richtung Golfmitte. Jetzt kamen sie schneller voran, weil das Boot von der Dünung getragen wurde, obwohl Mario die Wellen schräg nehmen musste, um nicht hilflos mit der Strömung an die Küste gespült zu werden. Der Vater lag zusammengekrümmt auf dem Bootsboden zwischen zwei Bänken (vielleicht hatte Javier ihn auch so hingelegt) und schien zu schlafen; der Kopf ruhte auf seinem Beutel, eine Schulter, ein Arm und ein Bein waren von Wasser bedeckt. Javier begann mit einer Kalebasse Wasser vom Bootsboden zu schöpfen. Im Licht der Blitze sah Mario, dass das Gewitter offenbar seine Richtung änderte. Wenn der Alte nicht so schwer angeschlagen gewesen wäre, hätten sie jetzt weiter angeln können. Aber der Schwachkopf Javier hatte ja alles über Bord werfen müssen!

Der starke Wind blieb aus, der Regen blieb aus, die Intensität der Wellen nahm ab. Wie er da auf dem Boden des Bootes lag, sah der Vater aus wie tot. »Schon bevor er sich den Fuß verletzt hat, hat etwas mit ihm nicht gestimmt«, dachte Mario.

»Ich glaube nicht, dass es ein Schlaganfall war«, sagte Javier, als hätte er Marios Gedanken erraten. »Aber er hat hohes Fieber. Sobald wir ankommen, müssen wir ihn nach Montería schaffen, sonst krepiert er.«

»Er sagt ›ankommen‹, als wären wir gerade mal zum Brötchenholen weg gewesen. Wenn das Ding kentert, kommt weder der Alte noch sonst jemand an. Und selbst wenn wir es bis zur Küste schaffen: Wie sollen wir bei der Brandung, die es in Playamar geben wird, anlanden? Wenn er wirklich einen Schlaganfall hatte, dann ist sowieso nichts mehr zu machen, selbst wenn das Meer spiegelglatt wie ein Ententeich wäre«, dachte Mario ohne innere Überzeugung, denn er wusste, dass er fähig war, das Boot samt Besatzung bei jedem Seegang zum Strand zu bringen. Die Küste des Golfs war ein einziger langer Sandstrand, ohne Riffe oder Felsen, und das Anlanden war kein Hexenwerk, wenn man es verstand, die Wellen auszunutzen.

Das Boot kam schnell voran und bewegte sich dabei zwischen tiefster Dunkelheit und – wenn es blitzte – strahlender Helligkeit. Der Bug schlug schwer auf die Wellenkämme und teilte sie, wobei die Brüder jedes Mal bis auf die Haut nass gespritzt wurden. Im Mikrokosmos des Glasfaserbootes, das bei Tag himmelblau und jetzt pechschwarz war, sah Mario, wie Javier seine winzige Lampe auf den Vater gerichtet hielt und seinen Kopf höher bettete, damit er nicht am Wasser erstickte, das sich wieder vermehrt am Bootsboden ansammelte.

Sonntag, 1 Uhr

Als Nora die Augen aufmachte, flogen überall die Eis- und Kohledämonen der Blitze umher, und der Chorgesang der Schar erklang kraftvoll mitten im Donner. Der Esel mit dem Beuteltierrüssel wartete. Vom Strand her dröhnten die Explosionen der Meeresbrandung.

»Das Werkzeug meiner Erlösung.«

»Wenn Imogenia einmal ausgeschaltet ist, wird auch das Luder Carlota für immer schweigen, und deine Söhne werden sich aus den Fluten retten«, prophezeite die Schar.

Die Köchin würde sterben müssen. Der Chor wies Nora den Weg, der so mühsam wie einfach war: Sie musste die Frau unter irgendeinem Vorwand in ihren Bungalow locken, und in dem Moment, in dem sie die Türschwelle des Schlafzimmers überschritte, würde das Gewicht der Weltengerechtigkeit auf ihren Schädel herabsausen.

»Ihre schmutzige Seele wird mit zerfledderten Flügeln durch Palmenhaine und Scharen von Fledermäusen zum Hades fliegen«, sang der Chor. »Hab kein Erbarmen! Hat er etwa mit dir oder deinen Söhnen Erbarmen gehabt, die gerade dabei sind, ihn und sich selbst zu vernichten? Vergiss nicht, Sahamarakajanda, dass er die junge Konkubine mit dem Balg angebracht und sie dir wie Hühnerkacke ins Gesicht geschmissen hat.«

»Genau! Wie Hühnerkacke«, sagte Nora nachdenklich und traurig, und brach dann in empörtes Schluchzen aus.

Die Schar war mit einem Mal still, damit das Schicksal seinen Lauf nehmen konnte. Ihr Lärmen wurde vom Donner und von der Meeresbrandung abgelöst. Da schrie Nora in die von Blitzen zerstückelte Nacht. Jetzt würde die Köchin kommen oder auch nicht. Wer konnte das wissen? Nora begann mit einem Stuhl alles kurz und klein zu schlagen, was sich in ihrer Reichweite befand. Da stieg der Esel mit den Hammerohren von der Zimmerdecke herab, und Nora war sich sicher, dass ihr Plan funktionieren würde. Sie stellte sich neben die Tür und schrie von dort aus weiter.

Das Meer ergoss sich über den Strand in den Mangrovenwald. Der Wind rauschte auf den Dächern und in den Palmen, aber nicht stark genug, um die Palmen zu verwüsten oder Noras Schreie zu übertönen, sodass die Gäste aufwachten und mitkriegten, wie Imogenia – die in der Küche kein Licht machen konnte, da der Strom ausgefallen war – sich mit einer Taschenlampe durch die Windböen auf den Weg zu Noras Bungalow machte.

»Glas, das bricht. Blut«, schrien zwei Propheten aus dem Chor. »Wenn es dir misslingt, reißen die Korallen deinen Kindern die Augen aus.«

Da die Köchin trotz des anschwellenden Geschreis auf sich warten ließ, vermuteten Nora und die anderen, dass sie noch jemanden zu Hilfe holen wollte. Der Esel würde sich also eine Weile gedulden müssen. Außerdem hieß es, aufgepasst, dass es auch wirklich die Köchin war, die als Erste das Zimmer betrat, denn nur ihr Schicksal sollte sich erfüllen und kein anderes. Jetzt waren Geräusche an der Eingangstür zu hören.

Carlota funkte dazwischen.

Sie war eine Ameise, eine Kakerlake, eine grüne Schmeißfliege, diese Carlota, die sich in den Bungalow geschlichen hatte und jetzt ganz nah an Noras Ohr auf sie einredete, um sie durcheinanderzubringen. Die Köchin war am Ende doch allein gekommen, hatte die Schlafzimmertür ohne Zögern geöffnet, doch da Nora abgelenkt war, ging der Schlag des irritierten Kaninchens daneben, und alles löste sich in Rauch auf.

Als sie wieder zu sich kam, fand sich Nora an Händen und Füßen gefesselt auf dem Bett, wehrlos wie ein Zicklein. Da waren viele Gesichter, die sie bedrängten. Ganz normale und abscheuliche. Welche, die einen Hühnerschnabel hatten, und andere, schön anzusehen, aber voll heimtückischer Bosheit. Und alle wollten nur eines: sie aus dem Weg räumen. Sie beschimpften und verfluchten sie, um sie zu etwas Unbesonnenem zu verleiten, womit sie sich selbst zerstören würde. Das Schicksal des Universums und ihr eigenes hingen jetzt davon ab, dass sie Ruhe bewahrte.

Sie machte sich Mut mit solchen Gedanken: »Still sind die Sterne meiner Söhne, Stille über mir, Stille dem Boot, Stille dem Haus, hohe See, schreckliche Sieben, meine Eifersucht, mein Leben verlangt nichts mehr. Wenn der Tod in den Himmel eindringt, fällt alles auseinander, wenn sich der Himmel nach dem Tod grün färbt. Die Quelle, die lacht, überlebt. Ewige Müdigkeit. Zerbrechen werden die, die nie geliebt haben, Stille. Stille …«

»Du musst ihr die Stricke etwas lockern. Ihre Hände sind blau angelaufen.«

»Sie hat sich sogar geschnitten, als sie sich gewehrt hat. Die stirbt uns noch, Imogenia. Schau, sie hat die Augen schon verdreht.«

»Quatsch! Woran soll sie denn sterben? Niemand hat sie geschlagen, niemand hat ihr etwas getan. Ein Wunder, dass sie mir den Kopf nicht abgeschlagen hat.«

»Vielleicht ein Herzstillstand oder so was. Das kommt davon, wenn man so dick ist. Aber was für eine Kraft die hat, nicht wahr, Imo? Wir waren zu viert und haben sie kaum bändigen können. Wer ist überhaupt diese Carlota, die sie dauernd beschimpft hat?«

»Wenn ich das wüsste! Wenigstens tobt sie nicht mehr, wenn der Alte und die Zwillinge kommen.«

»Falls sie wiederkommen.«

»Sag so was nicht!«

»So ein Leichtsinn!«

»Die See ist schon ruhiger geworden. Ganz so schlimm war es doch nicht.«

»Hier vielleicht nicht. Aber in El Rincón hat es Verwüstungen gegeben, haben sie im Radio gesagt. Ich mache mir Sorgen um meine Leute dort, Imogenia.«

»Schläft sie jetzt?«

»Ihre Augen sind zu.«

»Feuer, das ich ihm gab. Knoten im Hals in der Nacht, da ich ihn sah. Und jetzt, wie einsam ich bin, weit weg von meinen Söhnen, weit weg von allem! Nur dieses Bild ist mir geblieben, das mir die Ruhe raubt, nur diese Gestalt, die an mir frisst und deren Namen ich nicht nennen will …«

»Sind sie zurück?«, fragte Nora.

»Nein«, sagte Imogenia.

»Sind sie ertrunken?«

»Wer?«, fragte der Mann.

»Was heißt hier ›wer‹, du Dummkopf! Nein, Doña Nora, aber es wird nicht lange dauern, dann sind sie wieder da.«

»Mein Mund, Band, das ihn zuschnürt«, dachte Nora. »Blutrinnsal in meinem Mund. Familiengrab. Schranke und Heu. Schranke und Süßes. Schranke und Schwäche.«

»Nein, nicht lockern«, sagte Imogenia. »Sie hat sich beruhigt. Du kannst sie ganz losbinden.«

2 Uhr

Javier sah im Licht eines Blitzes, wie die Welle auf den Bug zukam, und schaffte es, sich an eines der Seile zu klammern, mit denen die Ruder am Bootsrumpf festgezurrt werden, und so dem Aufprall der Welle und dem darauf folgenden Sog des Meeres standzuhalten, der seine Lungen mit Wasser füllte.

Bis dahin war das Boot gut vorangekommen, denn der Wind hatte sich nicht zu voller Stärke entwickelt, und die Wellen waren zwar sehr hoch, brachen aber nicht. Im Licht der Blitze sahen sie wie riesige, aber sanft abfallende Berge aus, sehr beeindruckend, doch fast gutartig in ihrer Mächtigkeit. Keiner hätte ahnen können, dass aus der Gegenrichtung eine Welle über sie herfallen würde, die außer den Benzinkanistern, dem Anker, dem Motor und den Zwillingen alles aus dem Boot spülen würde. Im Meer verschwanden die Ruder, die Stange, der Haken, Javiers Stirnlampe, der Eimer mit den Ködern, die Beutel, die Wasserflaschen, der Korb mit dem Bier, die Angelruten und die Eimer mit den Angelspulen. Auch der Vater war weg.

Javier hustete das Wasser aus, holte tief Luft, hustete abermals und holte erneut tief Luft, bis er wieder richtig atmen konnte. Er merkte, dass er bis über die Knöchel im Wasser stand, und wusste, dass als Erstes das Boot ausgeschöpft werden musste. Er rief Marios Namen, und Mario rief zurück; er rief nach dem Vater und bekam keine Antwort. Zwischen Donner und Donner war der Evinrude wieder zu hören, und Javier sah, wie Mario mit seiner Taschenlampe das ganze Boot absuchte, besonders gründlich die Stelle, an der der Vater gelegen hatte. Dann wurde die Lampe wieder ausgeschaltet, und Javier hörte, wie der Motor lauter wurde und das Boot seine Fahrt fortsetzte, mit demselben Kurs wie zuvor, als wären sie eben nicht fast von einer Welle verschluckt worden, als hätten sie nicht alles verloren und als sei kein Vater von Bord gespült worden.

Javier, mit der Kalebasse in der Hand, war zu verblüfft, um sofort zu reagieren.

»Was machst du denn da, Mensch? Scheiße!«, schrie er nach ein paar Sekunden. »Hörst du mich, hörst du? Dreh bei, dreh bei, verdammt noch mal!«

Aber sein Bruder schien taub zu sein.

Weder waren aus der Dunkelheit des Meeres Schreie des Vaters zu hören, noch konnte man ihn, wenn die Blitze das Meer erhellten, irgendwo im Wasser treiben oder die Arme recken sehen. Javier brüllte seinem Bruder weiter zu, er solle umkehren, doch Mario reagierte nicht. Javier war so fassungslos, dass er sich setzen musste, während sich das Boot unerbittlich von der Stelle entfernte, an der der Vater über Bord gegangen war. Javier stand auf, ging zum Heck und versetzte seinem Bruder ohne ein böses Wort, ohne überhaupt etwas zu sagen, mit aller Kraft zwei Faustschläge, wobei er sich fast die Fingerknöchel brach, einen ins Gesicht, den anderen auf den Kopf, um ihn außer Gefecht zu setzen und die Kontrolle über das Ruder des Bootes zu gewinnen, das schon zu schlingern begonnen hatte und Gefahr lief, bei einer Breitseite zu kentern.

Mario stürzte halb bewusstlos auf den Boden des Bootes. Javier entriss ihm die Lampe, ergriff die Ruderpinne und versäumte in der Eile, beim Beidrehen die Welle im schrägen Winkel zu nehmen, sodass sie um ein Haar gekentert wären.

Es gelang ihm, das Boot wieder zu stabilisieren. Dann fing er an, lauthals nach dem Vater zu rufen, während er die winzige Lampe auf die Wasserberge richtete. Er war erleichtert, als er sah, dass Mario hochgekommen war und begonnen hatte, im Sitzen Wasser zu schöpfen, aber da er ihm noch ziemlich benommen vorkam, forderte er ihn nicht auf, sich an der Suche nach dem Vater zu beteiligen, und machte allein weiter.

Javier hatte recht, von Mario nicht zu viel Unterstützung für die Rettungsaktion zu erwarten, denn kaum war sein Bruder nach den Faustschlägen wieder zu sich gekommen, sagte er als Erstes:

»Der alte Sack ist ertrunken. Fahren wir weiter!«

»Halt's Maul und schöpf Wasser, sonst saufen wir ab!«

Javier rief und rief, bis ihm die Kehle wehtat. Der Lichtstrahl flackerte, in dieser Unendlichkeit hatte es beinahe etwas Komisches, während das Boot aufs Geratewohl zwischen den hohen Wellen kreiste. »Wir sind nichts, und wir sind zu nichts gut«, hatte Javier immer gesagt, wenn seine Stimmung zu später Stunde, vom Alkohol und von den Drogen eingenebelt, immer düsterer wurde. Jetzt gab ihm all das Finstere um ihn herum recht. Vom Vater war nichts geblieben. Er war verschwunden wie ein Tropfen Tinte auf dem Meer.

»Nimm du die Pinne und fahr weiter im Kreis«, befahl Javier, und Mario dachte nicht daran, sich zu widersetzen. »Ich tu, was du willst, aber das bringt den Alten auch nicht zurück«, schien seine ganze Haltung am Steuer zu sagen, als Javier ihn gnadenlos anleuchtete.

Die Minuten zogen sich derart in die Länge, dass die Welt für Javier zu einem Käfig der Beklemmung wurde, ohne Vorher und ohne Nachher. Sein Herz verkrampfte sich beim Gedanken, dass er und Mario, vor allem Mario, den Rest ihres Lebens die Bürde zu tragen hätten, für den Tod des Vaters verantwortlich zu sein. Er rief aus vollem Hals, leuchtete ins Wasser und schöpfte gleichzeitig Wasser aus dem Boot. Es gab einen Moment, da wäre er beinahe selbst ins Wasser gesprungen. Er schrie seinem Bruder zu, er solle auch rufen. Mario tat es nicht, steuerte aber das Boot nach wie vor in weiten Kreisen durch die Dunkelheit. Im Boot stand noch viel Wasser. Javier befahl Mario, den Leerlauf einzuschalten und Wasser zu schöpfen, und genau in diesem Moment war die Stimme des Vaters zu hören, sehr schwach und als käme sie aus der Luft, nicht aus dem Wasser.

Der Knoten, der den Lauf der Zeit angehalten hatte, löste sich, die Zeit bewegte sich wieder, und Javier gewann seine Fassung zurück. Er merkte, dass sein Bruder so tat, als habe er nichts gehört, und ahnte, dass er versuchen würde, aus dem Kreis auszubrechen und sich zu entfernen, um die verhasste Stimme ein für alle Mal loszuwerden. Da leuchtete er Mario abermals voll ins Gesicht, als Warnung oder Drohung, und musste seinen Zorn im Zaum halten, um nicht wieder auf ihn loszugehen, wozu er entschlossen war, falls sein Bruder nicht tun würde, was zur Rettung des Vaters erforderlich war.

Dann leuchtete er ins Wasser.

Da – wieder die Stimme. Diesmal richtete Javier den Lichtstrahl nicht auf den Bruder, denn er merkte, dass auch er die Rufe gehört haben musste, weil er begonnen hatte, eine Kurve zu ziehen, die sie näher heranbrachte. Das Rufen war jetzt besser zu hören und klang mehr wie von dieser Welt. Im Licht von drei aufeinanderfolgenden Blitzen konnte Javier auf der Spitze eines Wellenbergs den Kopf des Vaters erkennen. Er leuchtete auf Mario und sah, dass auch er ihn gesehen hatte, sodass er ihm nichts zuzurufen oder zu zeigen brauchte. Das Boot nahm die Welle schräg und zog eine Kurve, die sie noch näher heranbrachte. »Hier bin ich, hier!« Wenn die Blitze aufleuchteten, sahen sie, wie der Vater die Arme im Wasser schwenkte; war das grelle Licht verblasst, waren sie allein auf den Lichtstrahl der Lampe angewiesen, der jetzt schon bis zu der Stelle reichte, an der sich der Vater befand.

Javier packte ihn unter den Achseln und zog ihn hoch. Mario konnte ihm dabei nicht helfen und hätte ihm auch nicht helfen wollen, sodass sein Bruder es in zwei Schritten tun musste: Erst hievte er ihn so weit hoch, dass er bäuchlings auf der Bordkante hing, dann fasste er ihn an den Beinen und zog ihn vollends ins Boot. Als der Vater auf den Boden des Bootes plumpste, gab Mario Gas und nahm wieder Kurs auf die Mitte des Golfs. Der Vater blieb eine Weile rücklings im Wasser am Boden liegen, das Javier wieder zu schöpfen begonnen hatte. Dann setzte er sich auf.

»Ihr wolltet mich absaufen lassen!«

Das Gewitter wurde schwächer. Javier hatte die Lampe ausgeschaltet und ließ der Zeit und dem Boot ihren Lauf. Er war müde und hatte das Interesse am Befinden des Vaters verloren. Wenn er unterwegs sterben würde, konnte er nichts machen. Sollte er bei der Ankunft noch am Leben sein – falls sie überhaupt ankämen –, dann würde er ihn nach Montería schaffen und alles Erforderliche tun, um sein Leben zu retten. Wenn er trotzdem sterben würde, könnte er nichts dafür. Vielleicht wäre es sogar besser, er stürbe, dachte Javier. Er hatte jedenfalls getan, was er tun konnte; er hatte sich nichts vorzuwerfen.

Eine Garbe von Blitzen erhellte das Boot, und als es wieder dunkel war, fragte der Vater:

»Und wo sind die Kühlboxen, ihr Arschlöcher? Wo ist überhaupt alles?«

3 Uhr

Ich bin Dairon, der Gast in Cabaña Nummer 4, der die ganze Nacht *Aguardiente* trank und, ohne dass seine Frau es merkte, Kokain schnupfte. Ich mag es laut. Jetzt dröhnen Carlos Gardel und der Donner um die Wette. Seit drei Tagen bin ich hier und habe bis in den frühen Morgen getrunken, während sie und die beiden Kinder unter den Moskitonetzen schliefen. Ab und zu stand sie schlaftrunken auf und sagte:

»Um Gottes willen, Dairon, du bist ja immer noch am Trinken! Willst du denn zum Alkoholiker werden? Weißt du, wie spät es ist?«

Wahrscheinlich hatte ich die Musik zu laut gestellt, denn sie schläft immer mit Wachs in den Ohren und beschwert sich sonst nie, wenn ich meine Musik höre. Die Kinder, die kriegt nach so einem Tag am Meer nicht einmal der Erzengel Gabriel wach.

»Ich komm ja gleich. Nur noch eine Platte, dann leg ich mich hin. Der Urlaub ist schließlich dazu da, dass man seinen Spaß hat, oder?«

Drei Donnerschläge krachten dazwischen, und sie wartete mit geschlossenen Augen ab, bis sie vorüber waren. Dann öffnete sie die Augen wieder, ganz langsam, als koste es sie große Mühe.

»Und das verstehst du unter Spaß haben?«

»Hast du mitgekriegt, dass wir die Verrückte fesseln mussten?«, fragte ich, um das Thema zu wechseln, aber sie hatte mir schon den Rücken gekehrt und wollte nichts von der Verrückten wissen, sondern nur schlafen. Ich stellte die Musik etwas leiser und nach einer Weile, als sie eingeschlafen sein musste, wieder lauter.

Das mit dem Koks habe ich im Griff, nicht mehr als sechs Lines an einem Abend, allerdings macht einen das auch nicht gerade schläfrig. Ich kokse aber nur im Urlaub oder wenn viel los ist in der kleinen Druckerei, die ich in Robledo habe, zum Beispiel wenn ich einen dringenden Auftrag bekomme und bis zum Morgen durcharbeiten muss. Aber das kommt selten vor. Javier, der Sohn des Hotelbesitzers, hat mir zwei Gramm billig verkauft. Der Junge ist in Ordnung. Er ist ein Büchernarr und mag Tango, vor allem aber Rock. Rock mag ich auch, aber nicht, wenn ich trinke. Für mich gehören Alberto Castillo, Magaldi, Gardel und der *Aguardiente* zusammen, manchmal auch Olimpo und Alci, aber am liebsten ist mir Tangomusik.

Wir mussten sie zu viert festhalten. Der Mann der Köchin – die ja auch nicht gerade zart gebaut ist – ist ein schwarzer Riese von zwei Metern und hat Ähnlichkeit mit Foreman, dem Boxer, aber er scheint ein Taugenichts zu sein. Jemand hat mir gesagt, der schafft noch weniger als ein Holzwurm an einem Grabstein und dass sie ihn aushält. Er sieht immer picobello aus, trägt Speedo-Shorts, Hawaiihemden und italienische Sandalen. Angeblich dealt er mit Marihuana. Und sogar zu viert wurden wir kaum mit ihr fertig. Die Verrückte biss dem anderen Hotelgast, der uns half, in den Arm, das war der Vater der Mädchen mit den hellen Augen, der mit dem Land Cruiser – ein ziemlich aufgeblasener Typ, dem sein Geld zu Kopf gestiegen ist. Bis er mal entführt wird, dann ist Ende der Vorstellung.

Schließlich gelang es uns, sie zu fesseln. Wir hätten gern die Krankenschwester aus dem Hotel in der Nähe geholt, um ihr ein Beruhigungsmittel zu spritzen, aber das ging nicht, erstens wegen des apokalyptischen Unwetters und zweitens, weil die Krankenschwester gar nicht im Hotel war, sondern wer weiß wo. All die Schwarzen hier sagten, wieso apokalyptisch, das sei doch gar nichts im Vergleich zu der Sturmflut letztes Jahr. Ah, na dann, sagte ich. Ein Glück, dass ich letztes Jahr nicht hier war. Als ob dieser Sturm von Pappe gewesen wäre! Und doch machten sich alle Sorgen um den Hotelbesitzer und seine Söhne. Es war schon halb vier, und sie waren noch immer nicht zurück.

Ich beschloss, mir die letzte Line reinzuziehen und dann ins Bett zu gehen, auch wenn ich nicht einschlafen könnte. Man kann doch nicht jede Nacht bis zum Morgengrauen durchmachen, selbst wenn man im Urlaub ist, oder? Ist ja weiß Gott nicht schön für die Frau und die Kinder, den Vater so übernächtigt zu sehen. Sie hat Geduld mit mir, das muss ich zugeben, aber man darf's nicht übertreiben. Es geht nichts über den *Aguardiente* aus Antioquia. Da kam sie wieder aus dem Schlafzimmer, ganz zerzaust.

»Kannst du das nicht leiser stellen? Oder besser noch, geh ins Bett! Du musst doch endlich schlafen!«

»Ja, ja, gleich. Die kann einem ganz schön auf die Nerven gehen«, sagte ich.

»Ach ja, jetzt bin ich's, die auf die Nerven geht? Stell das ab und geh ins Bett, Dairon«, sagte sie.

So spät in der Nacht ist mir ein krasser Tango das Liebste, wie der von Armando Moreno: »Allein, verwelkt, benommen sah ich sie im Morgengrauen aus einem Nachtklub kommen« – das sind Texte, die gehen einem unter die Haut!

Und ich bin der Besitzer des Toyota Land Cruiser, der Vater der Mädchen mit den hellen Augen. Meine Frau ist dabei, mir den Arm zu verarzten, in den die Frau des Hotelbesitzers gebissen hat. Den Geländewagen habe ich für zwölf Millionen gekauft, und gestern Abend hat mir der Hotelbesitzer vierzehn bar auf die Hand dafür geboten. Ich sagte ihm, das sei nicht einmal annähernd verlockend, denn letzte Woche hätte mir jemand in Medellín zwanzig geboten, auch in bar. Er hat noch alle Originalteile, und ich habe ihn mit Chromfelgen ausgestattet und Suchscheinwerfern auf dem Dach und an der Stoßstange. Sogar eine Seilwinde habe ich angebaut. Wirklich ein Schmuckstück, das Wägelchen. Für weniger als fünfundzwanzig geb ich ihn nicht her.

»Schau, man kann alle ihre Zähne sehen«, sagte ich.

»Nicht alle. Nur die, die sie noch hat. Sieht aus wie ein Biss von Dracula. Hoffentlich kriegst du keine Tollwut.«

Dieser Mann versucht in einem fort, mir sein Hotel anzudrehen, und jedes Mal, wenn wir darüber reden, kostet es zehn Millionen mehr. Wenn das so weitergeht, wird es bald mehr wert sein als das Nutibara. Oder als Xanadu, die Residenz des Magiers Mandra. Ein guter Geschäftsmann ist er schon, der Alte, und wahrscheinlich hat er Geld, aber das Hotel ist nicht einmal die Hälfte von dem wert, was er denkt. Oder was er haben will. Das ist seine Taktik: Wenn er so viel bekommt, in Ordnung; wenn nicht, dann eben nicht. Bei all dem Drogengeld, das hier gemacht wird, kriegt er am Ende noch, was er verlangt. Womöglich denkt er, dass ich zur Mafia gehöre.

Ich glaube nicht, dass ich Tollwut bekomme. Das war vielleicht ein Kampf mit dieser Frau! Wir alle haben was abgekriegt, aber am meisten ich. Der dicken Köchin wollte sie einen Schlag mit dem Hammer verpassen! Mehr als 120 Millionen ist es nicht wert, das Hotel. Die Bungalows sind heruntergekommen, denn gegen die salzige Meerluft ist kein Kraut gewachsen. Viele Türen sind verzogen, und die Kacheln in den Duschen beginnen abzuplatzen. In den Kochnischen kann man sich kaum umdrehen, und die Spülen sind aus Zement, als wären es Becken, um die Putzlappen auszuwaschen. Der Kühlschrank ist vom Rost angefressen, und das Eismachen ist Glückssache. Aber dem Mann ist das völlig egal, solche Sachen sieht er einfach nicht, oder er will sie nicht sehen und tut so, als hätte er weiß Gott was für einen Palast.

»Halt still, jetzt trage ich das Jod auf.«

4 Uhr

Der Vater erinnerte sich, dass er im Boot eingeschlafen und im Wasser aufgewacht war. »So etwas ist mir noch nie passiert«, dachte er. »Das muss das Scheißalter sein. Ein Glück, dass ich ein guter Schwimmer bin. Aber ich hätte auch einen Krampf kriegen und ertrinken können.«

Er hatte kein Fieber mehr, war aber schwach, und ihm war schlecht. Das Beste wäre, jetzt zu kotzen, sagte er sich, das reinigt den Organismus. Er stützte sich auf die Bordkante, um sich ins Meer zu erbrechen, mit Würgkrämpfen, die aus seinen Knochen zu kommen schienen, aus dem Knochenmark. Danach fühlte er sich wohler, aber er hatte keine Lust zu sprechen und hielt den Blick auf den Boden des Bootes gerichtet. Er wollte nicht dahin schauen, wo seine Söhne waren.

Javier schöpfte im Dunkeln weiter Wasser, und Mario steuerte das Boot geschickt durch die hohen Wellen. Der Vater hatte das Gefühl, dass der Seegang schwächer geworden war. Er hatte Durst, aber im Boot gab es nichts mehr zu trinken. Er wollte Javier fragen, wie weit es noch bis zum Strand von Playamar sei, aber ihm fehlte die Kraft. »Ich bin nicht mehr der Jüngste«, dachte er voller Selbstmitleid. »Ob ich bald sterben muss?« Er scheuchte diesen Gedanken sofort wieder fort, wie eine Fliege vom Gesicht. Doch seine Schwermut konnte er nicht vertreiben – er spürte, wie ihm die Tränen gegen die Augenhöhlen drückten, und dachte schnell an etwas anderes.

Er hatte das Bedürfnis, sich hinzulegen und zu schlafen. Zwei sich kreuzende Blitze erhellten das Boot, doch der Vater schaute nicht auf, um seine herzlosen Söhne nicht sehen zu müssen. Er hätte es jetzt gern gehabt, wenn sie ihn gefragt hätten, wie es ihm gehe, ob er in Ordnung sei. »Aber ich bin ihnen scheißegal«, dachte er. Wenn er sich in diesem Moment bewusst gewesen wäre, dass er zum ersten Mal in seinem Leben die Zuneigung seiner Söhne brauchte, hätte er wieder daran gedacht, dass das Ende nahe sein könnte. Er legte die Arme auf seine Knie und den Kopf auf die Arme, und die Welt verschwand. Als er aufwachte, war es immer noch dunkel, und das eintönige Brummen des Motors war dasselbe wie zuvor – er hätte nicht sagen können, wie lange er geschlafen hatte.

»Sind wir bald da?«, fragte er, aber wahrscheinlich war seine Stimme zu schwach, denn die Söhne antworteten nicht.

»Ich will schlafen«, dachte er, »ich will nach Hause. Auf diese zwei Schlappschwänze kann ich mich wirklich nicht verlassen.«

»Sind wir bald da?«, wiederholte er, und auch diesmal bekam er keine Antwort. Dann wachte er auf und merkte, dass er die Frage im Traum gestellt hatte. Obwohl er sicher war, dass er jetzt nicht mehr träumte, fragte er nicht noch einmal. »Das Schlimmste, was einem im Leben passieren kann, ist, dass man jemand anderen um etwas bitten muss«, dachte er. »Deshalb habe ich nie für jemanden gearbeitet, habe nie einen Chef gehabt, habe mich nie für ein paar lumpige Pesos erniedrigen müssen. Mir ist kalt. Verdammt, jetzt steigt das Fieber wieder. Wenn einer nicht zum Sklaven taugt, dann ich. Lieber verhungern, als einem anderen zu dienen, der auch nichts Besseres ist als man selbst.«

»Wasser haben wir nicht mehr, oder? Ich habe Durst. Was habt ihr Trottel mit dem ganzen Zeug gemacht?«

Schweigen. Entweder hörten ihn die Söhne nicht, oder sie wollten nicht antworten.

»Wie spät ist es, Javier? Glaubst du, es wird bald hell?«

Wieder hatte er sich getäuscht, als er dachte, er sei wach. Das war natürlich der Grund, warum seine Söhne nicht geantwortet hatten, und nicht, weil sie ihn verabscheuten und wieder über Bord werfen wollten, um ihn loszuwerden. Nach einem kurzen, heftigen Kampf gegen den Schlaf verharrte er in derselben Stellung, den Kopf auf den Armen und die Arme auf den Knien. Es war sehr dunkel, und er konnte seine Füße nicht sehen, spürte aber, dass sie bis weit über die Knöchel im Wasser standen.

»Wenn keiner das Boot ausschöpft, werden wir absaufen wie Idioten.«

»Was sagt der alte Sack?«, fragte Mario.

»Sei still!«, befahl Javier.

Der Vater weinte ein wenig; er wusste nicht, ob im Schlaf oder im Wachen, ob aus Selbstmitleid oder aus Groll auf seine Söhne. Er fühlte sich dadurch gedemütigt, dass Javier ihn gegenüber Mario, den der Vater nie für voll genommen hatte, verteidigen musste. Wäre er nicht so schwach gewesen, er wäre zu Mario hinübergegangen und hätte ihm neben dem Scheißmotor, mit dem er angeblich wie verwachsen war, ein paar Hiebe verpasst. »Zieh einen Raben auf, so hackt er dir die Augen aus«, dachte er, abermals von Selbstmitleid erfasst, das kam und ging wie Magenkrämpfe bei einer Kolik.

Er hörte seine Söhne wie aus weiter Ferne.

»Wo glaubst du, dass wir sind?«, fragte Javier.

»Wir sind gerade am Kap vorbei und kommen jetzt in den Golf. Die Wolken sind weg. In zehn Minuten können wir die Lichter am Strand sehen.«

»Dann müssen wir nur noch heil an den Strand kommen. Der Alte muss dringend ins Krankenhaus.«

»Der Alte hin oder her, ich hab so was schon bei stärkerem Wellengang geschafft.«

»Wie der sich aufbläht, dieser Großkotz, obwohl er genau weiß, dass ich der Einzige bin, der das Boot wie auf Samt vor das Hotel gleiten lassen könnte. Schließlich habe ich ihnen beigebracht, wie man Boot fährt, und jetzt spielen sie die Lebensretter und Alleskönner! Nein, der König hier bin immer noch ich! Wartet ab, bis ich wieder auf die Beine komme, dann wird dieser Alte euch zeigen, wo's langgeht, ihr kleinen Scheißer!«

»Was sagt er?«

»Hör nicht hin. Er deliriert.«

»Jetzt kein Wort mehr«, sagte der Vater zu sich, als er merkte, dass er laut gedacht hatte, »sonst werfen mich die beiden ins Meer zurück. Wenn es einem dreckig geht, wenn man schwach ist, muss man es machen wie die Tiere in der Wildnis: Sie ziehen sich zurück und verstecken sich, bis sie es überstanden haben. Denn um mich werden sie sich einen Dreck kümmern, auch wenn sie mir noch so viel zu verdanken haben. Nein. Vielmehr bilden sie sich ein, dass sie weiß Gott was für einen tun und dass ihnen alles, was sie haben, in den Schoß gefallen ist. Und dass unsereins nur eine Last für sie ist und am besten sterben sollte. Das ist Verrat und tut in der Seele weh«, dachte der Vater weinerlich.

Er schaute auf, und das, was vielleicht die Lichter an der Küste waren, verschwamm vor seinen Augen. Ihm wurde schwindlig, und er legte seinen Kopf wieder auf die Arme. Auch wenn Javier noch so sehr schöpfte, dem Vater kam es vor, als würde ihm das Wasser an den Beinen immer höher steigen. Er schlief ein, und als er aufwachte, fühlte er sich besser. Die Lichter, die er gesehen hatte, waren tatsächlich die von der Küste. Er hatte vergessen, dass er eben fast geweint hätte, und dachte ans Anlanden und an die Wucht der Wellen, die bestimmt immer noch an den Strand brandeten. Der stechende Schmerz im Fußknöchel meldete sich wieder, und mit dem Schmerz fand er zu sich selbst zurück.

»Es wird schwer werden«, sagte er, und Javier richtete die Taschenlampe auf ihn.

»Tu das Scheißding weg, ja? Wenn ich nicht am Arsch wäre, würde ich das Steuer übernehmen. Dieser Trottel Mario soll sein Bestes geben, denn du kannst es ja noch weniger.«

Javier sagte nichts.

»Also?«, fragte der Vater.

»In Ordnung«, sagte Javier.

»Wenn uns die Wellen überrollen, dann sollen sie eben.«

»Mir auch egal.«

5 Uhr

Mario hatte damit gerechnet, dass sie kurz vor Tagesanbruch den Strand vor dem Hotel erreichen würden. Das Meer war immer noch stark bewegt, aber jetzt waren wieder Sterne zu sehen und in der Ferne die Lichter an der Nordseite des Golfs. Der Vater gab ihm Anweisungen, was zu tun sei – er hätte sich die Mühe sparen können. Mario war ganz nah an der Befreiung oder am Verderben gewesen: Beides hätte er willkommen geheißen. Jetzt erfasste ihn eine Starre, weil alles umsonst gewesen war. Er nahm es Javier übel, dass er den gesamten Fang über Bord geworfen, und vor allem, dass er ihn gezwungen hatte, sein Schicksal weiter zu tragen.

»Egal, was passiert ist, jetzt heißt es anzukommen«, dachte Mario dann. Das Hochgefühl, das die vor ihnen liegende Gefahr und die Anforderungen an seine Geschicklichkeit bei ihm auslösten, half ihm über den Tiefpunkt hinweg. Er versuchte, die Anweisungen des Vaters zu überhören, um sich nicht zu ärgern. Mario hatte ihn in einem Zustand äußerster Schwäche und Wehrlosigkeit gesehen, doch das hatte seine Sohnesliebe nicht wiederbeleben, seine Abneigung gegen den Vater nicht aufweichen können. Er erkannte die Lichter von Playamar und sah, wie hinter den Mangroven der Morgen zu grauen begann. Er konnte sogar den Schaum der sich am Strand brechenden Wellen sehen. Ohne zu zögern und ohne sich abzusprechen, steuerte Mario geradewegs auf den Strand zu.

»Du musst dich im Nacken der Welle positionieren und darfst nicht den Kamm runterfahren«, sagte der Vater in der schon vom Morgengrauen aufgeweichten Dunkelheit, und Mario musste sich beherrschen, um nicht zu antworten, dass er selbst wisse, wie das Boot zu steuern sei, alter Sack. Ihm war nicht bewusst, dass seine Gereiztheit auch von der geschraubten Ausdrucksweise herrührte, die der Vater benutzte, wenn er den Söhnen etwas beizubringen glaubte und »sich im Nacken der Welle positionieren« sagte anstatt »sich hinten auf der Welle halten«. Und er kam auch nicht darauf, dass der Vater, mit seinem angeknacksten Knöchel und soeben dem Ertrinken entronnen, vielleicht deshalb so geschwollen daherredete, weil er noch nicht bei klarem Verstand war.

»Hör nicht auf ihn! Mach du dein Ding und lass dich nicht ablenken von seinem Gefasel«, sagte Javier.

Mario erwartete, dass der Vater jetzt auffahren würde, doch das tat er nicht. Der Alte schaute weiter zur Küste, als hätte Javier nichts gesagt.

An Land zeichneten sich allmählich Umrisse ab, die Mangroven, die Palmen. Die Lichter des Hotels, das im Halbdunkel lag, waren noch eingeschaltet. Da ist die Verrückte, dachte Mario besorgt, denn er wusste, dass Gewitter bei seiner Mutter eine Krise auslösen konnten. Ihre Selbstmordversuche hatten immer in stürmischen Nächten stattgefunden, wenn schreckliche Wesen frei im heulenden Nachtwind herumflogen und sich wie Vampire auf sie stürzten, um sie zu quälen. Mario kannte die Wesen sehr wohl, die das Universum seiner Mutter bevölkerten, die guten wie die bösen. Er kannte sie besser als Javier, denn eine Zeit lang hatte er sie sehen können – jetzt kam das nur noch selten vor –, aber sie sahen ihn nicht, und er konnte nicht mit ihnen reden und sie nicht berühren. Außerdem waren das Dinge, die die Mutter nur mit ihm teilte, nicht mit seinem Bruder.

»Wenn wir uns dem Strand nähern, musst du genauso schnell sein wie die Wellen. Nicht schneller als sie, hörst du?«, sagte der Vater, ohne eine Antwort zu erhalten. »Hast du verstanden, du Schwachkopf?«

»Kann man ihn irgendwie zum Schweigen bringen?«, fragte Mario.

»Sei still, halt einfach die Geschwindigkeit und fertig«, sagte Javier.

»Pass ja auf, dass die Brandungswelle nicht schneller ist als du. Wenn man sich nicht um alles kümmert, machen die beiden doch nur Scheiß.«

»Nicht auszuhalten!«, sagte Mario.

Der Vater verfiel wieder in Schweigen, während sie sich auf den Strand zubewegten. Der Tag entfaltete sich mehr und mehr in seiner Pracht und Vielfalt – so anders als die Nacht, die arm an Formen und reich an Tiefe ist, aber doch genauso gnadenlos. Inzwischen hatte Mario, nicht ohne Enttäuschung, festgestellt, dass vom starken Wellengang wenig übrig war und dass sie ohne größere Schwierigkeiten an den Strand gelangen würden. Am Strand waren die Hinterlassenschaften der Flut zu sehen, Treibholz und Unrat. Die Wellen brachen immer noch stark, waren aber nicht mehr bedrohlich.

»Da könntest sogar du anlanden«, sagte Mario.

»Und kipp den Motor hoch, sobald wir auf Sand sind, sonst ist die Schraube im Arsch, hörst du?«, mahnte der Vater.

Drei Fischer, die im Morgengrauen gekommen waren, um die Sturmschäden zu begutachten, sahen das Boot herankommen und blieben am Hotelstrand stehen, um Hilfe zu leisten. Die Reiher flogen über Doña Libe und ihre Tochter hinweg, die, winzig klein, ihren Morgenspaziergang in Richtung Lagune machten. Ein schlechtes Zeichen, dass die Mutter nicht bei ihnen war.

Javier hatte vor, den Vater nach Montería ins Krankenhaus

zu schaffen, zur Untersuchung seines Fußgelenks und um festzustellen, ob er einen Schlaganfall hatte, doch Mario dachte nicht daran mitzufahren. Er wollte bei der Mutter vorbeischauen, eine Dusche nehmen, fünf oder sechs *Aguardientes* trinken und dann vierundzwanzig Stunden lang schlafen. Hunger hatte er nicht, er wollte nichts als ein paar Schnäpse und ausschlafen. Wenn Javier sich mit dem Vater abmühen wollte, war das seine Sache. Mario glaubte nicht, dass er einen Schlaganfall gehabt hatte – Pech für sie, denn das wäre ihre Chance gewesen, der Gängelei des Vaters zu entkommen. Hoffentlich war der Mutter nichts zugestoßen!

Der erste Brecher versuchte, das Boot nach vorn zu werfen, doch Mario verminderte die Geschwindigkeit rechtzeitig, sodass das Boot mit der Welle lief. Danach kamen noch zwei weitere Brecher und dann die gefährlichste, die Brandungswelle.

»Er ist zwar dumm, aber wenn er mal etwas gelernt hat, kann er's«, sagte der Vater. »Gut gemacht, Mario!«

Der Rest war das Knirschen beim Aufprall am Strand.

6 Uhr

Die Zwillinge sprangen aus dem Boot. Die Wellen waren stark, und ohne die Hilfe der Fischer wäre das Boot mitsamt dem Vater vom Rückfluss des Wassers wieder aufs Meer hinausgezogen worden. Als das Boot schließlich am Strand festlag, erboten sich die Männer, dem Vater aus dem Boot zu helfen, doch der bedankte sich von seiner Bank aus und sagte, dafür seien seine Söhne da, aber wenn sie bitte seiner Frau Bescheid sagen würden, dass er angekommen sei. Ja, Doña Iris, die.

Javier sah, dass der Strand mit Pflanzenresten und Unrat übersät war, die Kriegsbeute des Unwetters, die die Flut angeschwemmt hatte. Zwischen abgerissenen Ästen, Treibholz und Algen lagen leere Öldosen, Schuhsohlen von Männern, Frauen und Kindern, Zahnbürsten und andere Bürsten, Plastiksandalen und mittendrin, auf einem kleinen Thron aus Sand, ein schwarzer Darth-Vader-Helm, vom Salzwasser stumpf geschmirgelt.

Javier kletterte ins Boot, um dem Vater zu helfen, dessen Fußgelenk offenbar nicht gebrochen war, sonst hätte er nicht aufstehen können, um sich auf Javiers Schulter zu stützen, er hätte den Fuß nicht allein über die Bordkante des Boots gekriegt und hätte nicht im Sand auftreten können, wenn auch mit schmerzverzerrtem Gesicht. Mario hatte sich, die Ellbogen auf die Knie gestützt, nahe am Wasser hingekauert und schaute auf die auslaufenden Wellen. Javier bat ihn nicht, ihm zu helfen, denn er wollte sich keine Abfuhr holen.

»Wenn wir gleich aufbrechen, sind wir in anderthalb Stunden im Krankenhaus«, sagte Javier zum Vater.

»Gleich aufbrechen? Ins Krankenhaus? Wegen einer Verstauchung? Du spinnst wohl!«

»Du hast da draußen das Bewusstsein verloren. Und wärst beinahe ertrunken.«

»Weil ihr so blöd wart, ihr Idioten. Oder etwa nicht? Halt mich gut fest – wenn ich den Fuß aufsetze, tut er irrsinnig weh.«

Auf den Vorwurf des Vaters reagierte Javier nicht. Er prallte an ihm ab, als hätte jemand behauptet, die Sonne gehe im Westen auf. Jeder Einwand dagegen wäre sinnlos gewesen – und doch konnte Javier es nicht vermeiden, dass ihn solche Vorwürfe ärgerten und der Ärger jedes Mal stärker wurde und sich in Wut verwandelte. Er wollte den Alten nur noch loswerden, ihn bei der dummen Iris abliefern und lange Zeit nichts mit ihm zu tun haben. Nur um seine Mutter und Mario nicht allein zu lassen, hatte er nicht längst mit dem Vater gebrochen und war seiner eigenen Wege gegangen. Erst vor zwei Monaten hatte er ein verlockendes Angebot aus Cartagena – die Leitung eines Hotels in Bocagrande – ausgeschlagen.

Schlaftrunken und halb angezogen erwartete Iris den Vater auf der Veranda, an die Bungalowtür gelehnt. Sie rührte sich nicht vom Fleck, als sie ankamen, und Javier musste dem Vater die drei Stufen hinaufhelfen. Sie rührte sich auch nicht, als sie schon auf der Veranda waren. »Die erwartet wohl, dass ich ihn ihr auch noch ins Bett lege«, dachte Javier und sagte: »Da, Iris, ich überlasse ihn dir.«

Erst jetzt wurde Iris munter und beeilte sich zu helfen. Als sich das Gewicht des Vaters von seiner Schulter löste, spürte Javier eine solche Erleichterung, als wäre er von einem Sack

Steine befreit worden, den er vierundzwanzig Stunden lang geschleppt hatte.

»Was ist denn passiert, Liebling?«, fragte Iris den Vater – mehr um der Form zu genügen als aus echter Anteilnahme, fand Javier.

»Nichts weiter. Man darf sich eben nicht auf Taugenichtse verlassen. Bring mir einen Krug Wasser ohne Eis. Und hilf mir zur Dusche, ich will das Salz loswerden. Und sag Imogenia, sie soll mir Rührei mit Kräutern machen.«

»Stell dir vor, Liebling, sie mussten Doña Nora ruhigstellen und fesseln! Aber inzwischen ist sie wieder frei«, sagte Iris.

»Auch das noch! Es ist ein Kreuz mit dieser Frau! Was habe ich mir da eingebrockt!«

Javier ging zum Boot zurück. Mario hatte auf ihn gewartet, um zusammen mit ihm die Mutter zu besuchen. Die Hotelangestellten standen um ihn herum, und ein paar neugierige Kinder waren aus den Bungalows gekommen. Jemand hatte Mario eine Plastiktüte mit Eis gegeben, gegen die Schwellung in seinem Gesicht. Imogenia kam ihnen entgegen.

»Ja, ich weiß schon, ich weiß«, unterbrach Javier gereizt seinen Bruder, als dieser ihm von der Krise der Mutter zu berichten begann. Er kannte diese Krisen zur Genüge und hatte jetzt nicht die Geduld, sich Einzelheiten anzuhören.

Die Brüder wechselten ein paar Worte mit der Köchin, die Javier ebenfalls unterbrechen musste, als sie anhob, den Vorfall in der Nacht detailliert zu schildern, und gingen schweigend weiter auf Noras Haus zu. Aus einem der Bungalows ertönte Gardels ewige Stimme. »Ich hätte Dairon kein Koks verkaufen sollen«, dachte Javier. »So kommt der Idiot nie zur Ruhe.«

»Der alte Scheißkerl, jetzt sagt er, wir hätten nicht aufgepasst und ihn beinahe ertrinken lassen«, sagte Javier, obwohl er wusste, dass er besser nichts sagen sollte, was den Groll seines Bruders auf den Vater wieder entfachen könnte.

Mario hielt den Blick zu Boden gerichtet und benutzte, was ungewöhnlich war, dieses Mal kein Schimpfwort, als er vom Vater sprach:

»Du hättest ihn nicht aus dem Wasser holen sollen, Javier. Dort war er gut aufgehoben.«

Die *Mariamulatas* pfiffen von den Palmen, die Reiher zogen wie jeden Tag in Richtung Lagune, und ein paar Touristen, die früh aufgestanden waren, schlenderten am Strand entlang, schauten aufs Meer und besichtigten den angeschwemmten Unrat. Nichts war zu viel, nichts fehlte. Es gelang Javier, an sich zu halten und für ein Mal nicht zu sagen, was er dachte. Es würde noch andere Ausfahrten mit dem Vater geben.

»Wir sollten den Motor jetzt gleich abbauen und sauber machen«, sagte er stattdessen. »Dann haben wir das hinter uns und können in Ruhe schlafen.«

Noch einmal 6 Uhr

Der Vater trank den starken Kaffee, mit dem er jeden Tag begann, und ging, immer noch ein wenig hinkend, aber ohne den Krückstock, den er bis vor zwei Tagen benutzt hatte, zu Mannys Kinderbettchen, hob das Baby mit seinen starken, haarigen Händen heraus und hielt es sich in Augenhöhe vors Gesicht. Ohne den Arzt zu fragen, hatte er aufgehört, sich den lästigen Verband ums Fußgelenk zu wickeln. Das Baby lachte ihn an. Es war rundlich, hatte dunkelbraune Haut und tiefschwarze Augen. Es weinte fast nie. Ein Prachtkerlchen.

Iris war noch im Bett und schlief.

Iris schnarchte wie ein Bulldozer, Iris aß viel, Iris war friedfertig und sinnlich, Iris war genau das Richtige für einen Mann wie ihn, dachte der Vater. Sie nervte nicht, sie mischte sich nicht in Dinge ein, die sie nichts angingen. Im Bett verwöhnte sie ihn ohne Hemmungen. Von Imogenias Essen hatte sie zwar etwas zugenommen, aber das machte ihren Körper für den Vater nur noch tiefgründiger und begehrenswerter.

Ohne Hemd, in Shorts, das Baby im muskulösen rechten Arm, ging er auf die Veranda hinaus und vorsichtig die drei Stufen hinab auf den schütteren Rasen vor dem Haus. In den Palmen schrien die *Mariamulatas*, zwitscherten die *Guanabós*. Er ging den Weg zwischen den Bungalows entlang, die zum großen Teil leer standen, denn die Hochsaison war vorbei. Vom spiegelglatten Meer war leichter Wellenschlag zu hören.

Er ging ins Wasser, und als seine knotigen Adern die Kälte und die Sardinen spürten, überkam ihn ein Hochgefühl. Mit einer Handvoll Wasser benetzte er den Kopf des Kindes, das nicht weinte. Er ging weiter, bis das Wasser ihm an die Hüfte reichte, blieb stehen und tauchte das Kind langsam ganz ein. Das Baby, das sich in seinen Händen glatt und fest anfühlte, zappelte unter Wasser, und als er es wieder heraushob, erfüllte das markerschütternde Schreien der Taufe den einsamen Strand.

Zu dieser Morgenstunde waren Meer und Sonne eins. Der Vater spürte plötzlich einen Ansturm unterschiedlichster Gefühle den Zwillingen gegenüber in sich aufsteigen: Verachtung, Liebe, Mitleid. Auch Groll, weil sie es fertigbrachten, ihm sogar diesen Moment zu verderben. Parallel zum Strand zogen die Reiher über den Mangrovenwald. »Ich bitte dich, Gott«, flehte der Vater, ja befahl er fast auf seine direkte, wenig gefühlvolle Art. »Mach, dass dieser hier nicht auch so ein Versager wird wie die andern beiden, ja?«

Auf dem Strand hatten die Wellen mehrere Reihen von Algen abgelegt; ein paar lila Quallen glänzten im Licht der ersten Sonnenstrahlen. Es gab fast keine Spuren mehr von den Wogen chaotischen Unrats, den die Flut jüngst auf den Strand gespült hatte. Wie alles auf dieser Welt sind auch die Tropengewitter flüchtig in ihrer Ewigkeit.

Worterklärungen

Aguardiente	Anisschnaps (aus Zuckerrohr gewonnen)
Arepa	Maiskuchen
Arhuaco-Beutel	span. *mochila*, von den Arhuaco-Indios hergestellte Umhängetasche aus Wolle oder Sisal, deren Träger quer über der Brust verläuft
Chinito	regionale Bezeichnung für eine kleine Variante des *Pargo Rojo (Lutjanus campechanus)*, der auf Englisch *Red Snapper* und auf Deutsch Roter Schnapper heißt
Costeño/a	jemand oder etwas von der (atlantischen) Küste
Finca	kleines Landgut, Bauernhof
Mariamulata	*Quiscalus mexicanus*, Dohlengrackel, schwarzer Vogel aus der Familie der Stärlinge

Nutibara	früher das beste Hotel in Medellín, benannt nach einem Hügel der Stadt, der wiederum nach einem historischen Indio-Häuptling benannt ist
Pielroja	die bekannteste kolumbianische Zigarettenmarke
Sábalo	*Megalops atlanticus*, atlantischer Tarpun
Sancocho	suppiger Eintopf mit Maniok- und Kochbananenstücken sowie Fleisch (meist Hühnerfleisch) oder Fisch
Seño	volkstümliche Anrede für eine erwachsene weibliche Person an der atlantischen Küste
Sierra	[hier:] *Scomberomorus sierra*, ein Raubfisch aus der Familie der Scombriden (Makrelen und Thunfische)
treinta y tres	die Zahl 33 (die sich die Ärzte beim Abhorchen der Lunge von ihren Patienten vorsprechen lassen)